Celeris Pede

Celeris Pede

A Latin Novella

Rachel Beth Cunning

2023

Copyright © 2023 by Rachel Beth Cunning

All rights reserved.

ISBN-13: 979-88658-18915

Bombax Press

Dedicātiō

Sōla nōn es. Cōnfer tē mēcum.

Table of Contents

- Preface i
- Acknowledgements xi
- About Bombax Press xiii
- Capitulum I 17
- Capitulum II 24
- Capitulum III 31
- Capitulum IV 41
- Capitulum V 49
- Capitulum VI 56
- Capitulum VII 64
- Capitulum VIII 74
- Capitulum IX 83
- Capitulum X 91
- Capitulum XI 102
- Capitulum XII 111
- Capitulum XIII 125
- Dictionary 134

Preface

I'll confess many things to you in this preface. The first is that I did not get Atalanta's story for the longest time. I just could not understand some woman who felt so strongly about marriage that she condemned others to die if they lost to her in a race—but then sprinted after three different golden apples to lose to some guy named Hippomenes. Was she overly proud? That naïve? What was her deal with marriage anyway? I only recently tapped into understanding her and her story in a way that was revelatory, but also dark and painful. So, this is a dark and painful story, but I also hope that it is revelatory about being human, what friendship, loyalty, mercy, and sense of self look like reflected against misogyny, hatred, rage, and vengeance, which, regrettably, are also part of being human and, more particularly, a woman. This is a story about autonomy and the power to direct your own life, and what it means to lose that control over your own life and live in captivity under threat.

Atalanta's rage at the loss of that autonomy drives her storyline until she is emotionally and physically exhausted, and it may be difficult to sympathize with her initially without understanding her full story. After all, I certainly did not relate to her until I begrudgingly began researching her life when a friend pointed out that

Atalanta had also participated in the Calydonian boar hunt and had sailed with Jason and the Argonauts. (I will confess to not knowing this). The more I read about her life, the more surprised I was by this young heroine who had been abandoned by her father at birth, had been raised by Diana, had sailed with a bunch of heroes, and had wounded the Calydonian boar—only to be plucked, forcibly taken, from the freedom of her life and carted back home by her father, one who had exposed her at birth because she was a girl, and told she had to get married. Suddenly, I saw her as a victim, as someone I could sympathize with, and, more importantly, as someone who deserved a more nuanced portrayal, and, yes, sympathy.

Many young women today are taken from the lives they are living, against their will or under false pretenses of obtaining good jobs, and then subjected to beatings, rape, and forced prostitution. This painful connection changed how I saw Atalanta. She was no longer some girl who did not want to get married, she was someone who I could see in the horror stories in the news or in the posters in women's restrooms along highways in English and Spanish asking, *do you need help?* She did need help. She was someone who had enjoyed autonomy until someone who should have cared for her, someone who should have protected and loved her, someone who had instead abandoned her until it was convenient and fiscally advantageous for him to lay claim to her, until that repugnant someone took her life and freedom away.

After understanding Atalanta better, I also needed to understand that fateful final race with Hippomenes. It is depressing that of all the stories Atalanta is famous for, she is most renowned for the story of her chasing down those golden apples and losing a competition, a story of her being put back in her place as a woman, distracted by something shiny. So, I naturally kept coming back to the questions that had always bothered me in Atalanta's story: Why did she veer off course for those apples and exactly who was this Hippomenes character anyway? In reading through Ovid's description of the race in the *Metamorphoses*, it is clear that Atalanta at least fancied him a little—and he clearly desired her and wanted to marry her. In reading about Hippomenes' life more generally, I stumbled onto a small reference that he too had participated in the Calydonian boar hunt, just as many other mythological heroes and princes had done. Suddenly, inspiration hit: Atalanta had already met Hippomenes in the Calydonian boar hunt. She knew him. He had proved himself to be a trustworthy ally. Maybe this was the reason why Atalanta chased down those apples and Hippomenes won the race. She let him win because she knew and trusted him, and she fancied him, at least a little. As I played with this idea more and more, I realized that I would need to tell the story both of that race *and* of the Calydonian boar hunt as a backdrop to understanding why the competition ends as it does.

So, Hippomenes arrives in Calydon to assist his old friend Meleager in the hunt for Calydonian boar. Hippomenes is increasingly put off by Meleager's behavior as he notices Meleager's anger and cruelty vacillates with arrogant kingly pretensions. Hippomenes tries to correct the demeaning and possessive comments Meleager makes about Atalanta just as he engages with Atalanta as a person, sometimes playful, sometimes thoughtful, but always respectful. He struggles with shifting loyalties as he realizes the friendship that he had once had with Meleager is over, but even when that bond is irrevocably shattered, he will always do his duty. Hippomenes is there for his friends in the way we hope all good friends are: they stand up for us, they correct us gently if we are wrong, and they remember details about who we are as people. Hippomenes, in short, is a real mensch. One of my editors called him the anti-Achilles, and that sounds just about perfect. This is a book filled with many men who mistreat women; Hippomenes is not one of them.

In writing this book, I did take some liberties with the myth. For example, I omitted Venus who plays a central role in traditional versions of this myth, such as Ovid's, as it is she who provides the apples to Hippomenes. In my adaptation, Hippomenes would prefer to be anywhere but near a god or goddess. Besides, Venus is petty and small and vengeful, and she just did not fit into the plot. Further, the reference I found to Hippomenes participating in the Calydonian boar hunt was small, but I was so enamored with it, I could not abandon it once the idea of a prior acquaintance entered my head. In addition, some myths exist where Atalanta and Meleager have a relationship, but I made that a one-sided infatuation. Atalanta was not going to fall in love with some dude who killed his uncles because his manhood and authority felt slighted. I could not imagine such a man treating Atalanta with anything resembling real respect, which is essential to the narrative. This story is about Atalanta and the way people respond to her and treat her as a young heroine.

On a very personal note, I will confess that many scenes in this novella were challenging for me to write because of all those men who do mistreat women. While some scenes were more violent than I am accustomed to write, the hardest chapters were the ones from Atalanta's perspective where she experiences misogyny and the casual, objectifying jokes that men made that were thinly-veiled threats of rape—and then the chapter where she is literally running for her life. I drew on personal experiences to write these nameless men. Men have demeaned and belittled me with misogynistic language and gender-based stereotypes for having opinions, being "difficult," and existing as I am for who I am. I have been blamed and chastised for doing things that were forgiven or praised when a male coworker did them.

I have also encountered men who think that intimidating and demeaning a woman is funny—men who think rape itself is funny. In some of the worst scenes I wrote, I kept dwelling on one experience. As an undergraduate in a poetry-writing class, I had written a poem whose theme was rape. This poem had arisen from another painful experience: A good friend had just been raped by her ex-boyfriend. I sat with her as she cried, as she blamed herself, as she tried to frame her trauma in a way that she could live with. In the poem, I explored the euphemisms we use to talk about rape and elide its trauma and how we cover it up to avoid talking about what it really is. I still remember parts of the refrain that was the central theme: Rape is a four-letter word.

With total clarity, I also remember the dimly lit lights of the campus coffee shop where my fellow students and I went for the poetry slam whose attendance was required. I remember reading my poem to a quiet audience. I also remember two young men who had come together and were not part of my poetry-writing class. While I don't remember exactly if the snickers and laughter from these two young men started immediately after I had read my poem or somewhere in the middle of it, I do remember their loud laughter as they clearly had begun writing something together, their hunched backs over a piece of paper, the quick scribbles of a pen, and my deep, uneasy suspicion. A few other students read their poems. Then one of these young men got on that stage and read into the microphone the poem that they had written together in that coffee shop under those dim lights. The poem rhymed, and it was about violently raping someone. The last line was, "I'll see you again when you turn eight." His friend laughed hysterically at the end of it. The rest of the coffee shop was filled with aghast silence. My own friend, the one who had been raped, had come with me that night, and I will never forget these young men nor the look on my friend's face when they finished reading that awful poem, a poem that they had written to intentionally victimize me and shame me and silence me for having dared to read a poem about rape in a public space.

These types of experiences are all too common for women who endure micro—and real—aggressions every day and sometimes snap from the strain of it. Parts of this book may be challenging for you to read. Give yourself the grace you deserve.

About the Structure

This novella has a nested structure in that the novella alternates between Atalanta's and Hippomenes' perspectives. Their respective storylines also occur in different timelines. Atalanta's storyline takes place during the race while Hippomenes's storyline takes place during the Calydonian boar hunt. While each chapter alternates between these perspectives and timelines, it is recommendable to pay attention to which storyline and timeline you are in, especially if you return to the book after some time between chapters.

I intentionally structured this book with alternate perspectives for multiple reasons. Atalanta's slow-burn anger builds as some of the same microaggressions appear in both timelines and some of the events play off each other as the perspectives shift. For example, what Hippomenes chooses to tell Atalanta about Meleager's death elides some of its horror, and how Atalanta remembers a key event with Hippomenes appears after Hippomenes himself experiences that same event. The details of these events bend toward and away from each other, and callbacks are common throughout the novella. I also felt strongly that Hippomenes needed to be the narrator for the Calydonian boar hunt so we could see Atlanta from outside her own perspective as various men, Hippomenes included, respond to her presence.

Because of the structure of the novella, you could approach reading it in different ways. You can read the novella straight through as the story unfolds in both timelines, which is how the book is structured with those alternating perspectives and times. You could also read Hippomenes's story straight through and then proceed with Atalanta's story as it picks up where his story leaves off. Or, perhaps, you could read through all of Atalanta's story and then all of Hippomenes. Regardless of how you choose to read it, I hope you find the story compelling.

Atalanta's Life

Sara Rude-McCune created this wonderful timeline of events in Atalanta's life. She is a freelance artist and runs Project Shiro Studios. If you are like me, you may only be familiar with the final event on that timeline. Given the novella's structure, it's useful to have an overview of her life before you begin reading.

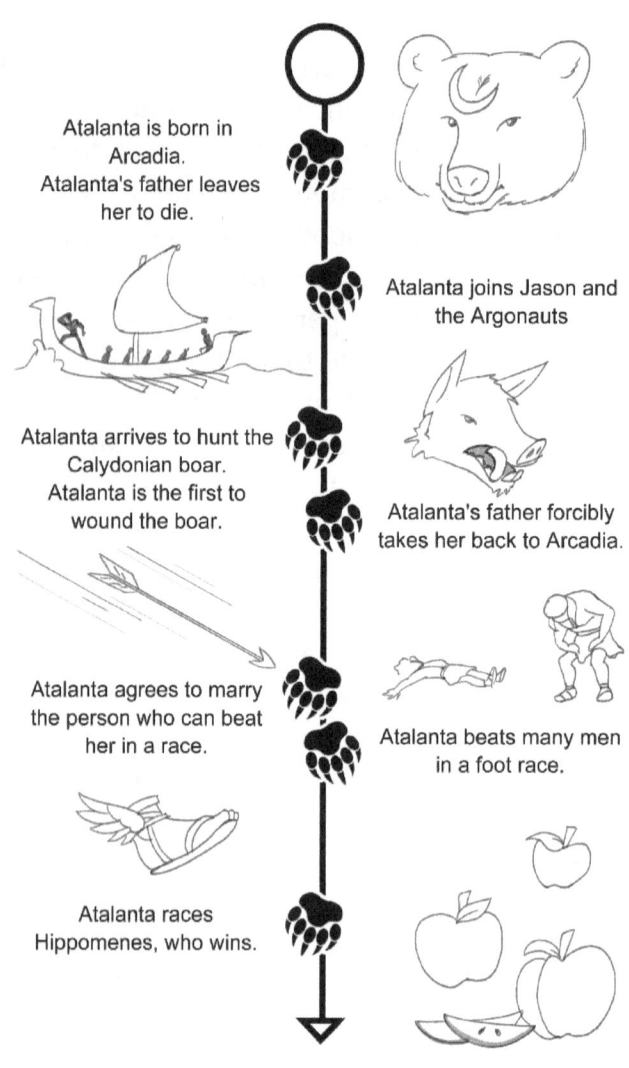

About the Vocabulary

At a minimum, this novella could be used in Latin IV in a four-year program in high school. However, this novella has dark themes, more vocabulary than in a traditional novella, sophisticated grammar, and a complex structure, all of which may make reading this book challenging without sufficient support. It could be appropriate for extensive reading by university-level Latin students and even teachers.

Despite the vocabulary load and the advanced level, I did still write this novella with the goal of limiting vocabulary to further students' ability to read and comprehend the story independently—just ask my editors about the words that I dug in on adding. I made extensive use of both Dickinson College Commentaries' Core Vocabulary as well as Essential Latin Vocabulary. I aimed to have as many words as practicable appear in these two lexical resources to ensure that students who are reading this novella are being exposed to high frequency words in Latin literature. Although not all words appear in these two resources, I did make careful decisions about which vocabulary to include or excise based on these lists and chose between synonyms based on which word occurs more often in Latin literature. Further, I freely used clear cognates based on the assumption that advanced readers of Latin would have a more robust vocabulary in English and would better recognize unknown Latin vocabulary as a result, such as *frīgidus* and *oblīviōsus*.

As such, it is appropriate for me to outline the overall words that my novella does use. *Celeris Pede* is about over 22,500 words long, and it uses 807 total words to encompass that length.

Of those 807 words, 34 are glossed words that do not appear frequently, 25 are proper nouns like names of people or cities, and 224 additional words are words I consider to be clear cognates. Because of the expected age of the reader, generally expected to be a senior in high school at least, I did consider some words to be readily understandable cognates that I would not consider to be as understood at lower levels of Latin instruction. Students, then, need to have a rich, deep understanding of 525 words to read this novella.

Although I tried to ensure some repetition of all vocabulary words, I was more forgiving of using some words less often in this novella due to its intended level. At the same time, I did choose vocabulary words that had similar root words, such as *spectō*, *īnspiciō*, and *respiciō*. Due to the length of this book, the traditional index is omitted, but the complete dictionary is included. Irregular comparative and superlative adjectives appear with their positive forms and are not counted as separate words. For example, in the dictionary, good would appear as: *bonus, bona, bonum* (*melior*, comp.; *optimus*, sup.).

About the Art

The cover of this novella is by michaelangeloop on iStock. Should you wish to purchase the image yourself, its photo ID is 503085111. I made minor edits to the image to make it suitable for the cover of this book.

Acknowledgements

I had four brave souls willing to edit a Latin novella over 22,000 words long at an advanced level. I'm so lucky, and the book is better because of them. I also had a dear friend who endured several emails and questions and provided general gentle emotional-support rallying as I despaired during the editing process—really, though, through the whole process of writing this novella, which has been the better part of a year. For a while, I was not sure I would finish it.

Editing can sometimes be painful. Sometimes you use Spatin. (I am studying Spanish and have become fluent in Spatin). Sometimes you did not know a thing existed. At all. Sometimes you were so sure you caught all the errant macrons in *affectā est*. Sometimes you specifically researched something and thought you were doing it right... and, well, a lot of the time, you were very wrong. A lot of the time you thogught you caught all the embarrasing mistakes for things you *know* but somehow did not *write*. You have to swallow a lot of pride. I know I did. I may also have wanted to hide under a desk and cry at some point. Multiple points. A load of them. 22,000 words worth of them. Thus, my friend's encouragement to get out from underneath the desk and finish the book was very, very important to publishing this novella.

To my friends, colleagues, and editors, a heartfelt thank you. Thank you to Jacqui Bloomberg for sticking with it and finding time for me even when she probably did not have the time that she committed to this story. She still made it for me, and I'm grateful for it. Thank you to Claire Mieher for being an awesome friend who similarly carved out time for this project and being patient and helpful when I had questions. Thank you to Robert Amstutz who left me several encouraging comments that really boosted my spirits and made me think I had gotten some tricky sections right. Thank you to my anonymous editor who tore apart the grammar in the book and vastly improved the Latinity as a result. Thank you to my friend Arianne Belzer-Carroll who endured several emails and questions and who encouraged me to take a break and to regroup and who gave me some important reminders I knew but needed to hear anyway. This book is better because of them, and all errors that remain are my own.

Lastly, while I used the *sōla*, not *sōlus*, in the dedication of this book as I have written a book specifically about the experience of a woman, albeit a fictional one, I know too well that men and non-binary individuals are also victims of physical, emotional, and sexual abuse. You do not deserve it—did not ever, in any way, deserve it. You also are not alone.

About Bombax Press

Bombax Press publishes engaging Latin novellas for students at different levels in their Latin coursework. All stories are set within the Roman world or within its mythology. Teachers can use these novellas instructionally to supplement an established curriculum or as part of a Free Voluntary Reading program. Latin students or others who have studied the language may also enjoy these novellas for independent reading outside the classroom. These Latin novellas follow the principle of sheltering the vocabulary, but not the grammar. For more information, please also visit my website, www.bombaxpress.com.

If you wish to reach me, you may reach me via email at rachel.b.cunning@bombaxpress.com.

Available Titles

Cupido et Psyche: A Latin Novella

> Level: Latin III/IV
> Total Word Count: 8,800
> Total Unique Words: 350
> Working Vocabulary: 253

Īra Veneris: A Latin Novella

> Level: Latin III/IV
> Total Word Count: 11,000
> Total Unique Words: 334
> Working Vocabulary: 250

Mēdēa et Peregrīnus Pulcherrimus: A Latin Novella

> Level: Latin III
> Total Word Count: 7,500
> Total Unique Words: 237
> Working Vocabulary: 160

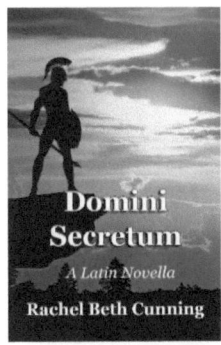

Dominī Sēcrētum: A Latin Novella

Level: Latin II/III
Total Word Count: 8,000
Total Unique Words: 222
Working Vocabulary: 136

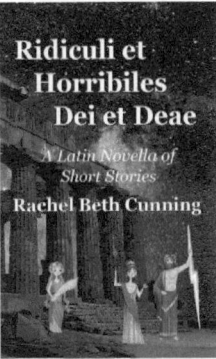

Ridiculī et Horribilēs Deī et Deae: A Latin Novella of Short Stories

Level: Latin I/II
Total Word Count: 4,900
Total Unique Words: 237
Working Vocabulary: 154

Pēgasus et Bellerophōn: A Latin Novella

Level: Latin I/II
Total Word Count: 4,200
Total Unique Words: 139
Working Vocabulay: 105

Mostellāria: An Adapted Latin Play

Level: Latin III/IV
Total Word Count: 9,000
Total Unique Words: 237
Working Vocabulary: 171

Cerberus Canis Monstruosus

Level: Latin II
Total Word Count: 5,200
Total Unique Words: 159
Working Vocabulary: 113

Virgō Ārdēns
Level: Latin IV
Total Word Count: 16,500
Total Unique Words: 433
Working Vocabulary: 318

Capitulum I

Atalanta, Celeris Pede, *Tempōre Certāminis*

"*Lēx certāminis estō.*" Ovidius, *Metamorphōsēs*, 10.572.

Atalanta magnā cum īrā patrem suum vīventem īnspexit quī ante eam stābat rīdēns. Atalanta semper putāverat patrem suum mortuum esse. Ipsa spērāverat patrem suum mortuum esse. Horribile dictū, nōn erat.

Cum Atalanta īnfāns esset, pater eam in montis silvā relīquerat quia pater voluerat fīlium, nōn fīliam. Cūr Atalanta dēbuisset spērāre patrem suum vīvere? Quid interfuit Atalantae utrum pater adhūc vīveret an mortuus esset? Ipse voluerat nē Atalanta vīveret, itaque Atalanta voluerat nē pater vīveret. Sed vīvēbat... et nunc Atalantae multum intererat, et illō tempore, cum ea īnfāns sōla fuerat, Atalantae plūrimum interfuerat. Vīta eius mūtāta erat.

Pater respōnsum eius adhūc exspectābat. Atalanta nihil dīxit. Pater eam quoque īnspexit, exspectāns.

Omnēs populī omnibus in patriīs nōmen Atalantae celebrābant. Ipsa nōta erat. Clāra erat. Ad vēnandum enim **aprum**[1] īverat Calydōnem. Itaque, pater eius illūc īverat

---
[1] Boar

ut pater ipse vērō nōn modo in nōmine fieret, sed etiam ut caperet eam et fāmam eius sibi. Ipsa Calydōnium aprum prīmum vulnerāverat, et fāma magnī aprī et nōmen Atalantae ubīque volāverant. Pater eius iamiam eam in familiā suā tenēre volēbat quia clāra erat. Cum infāns vulnerābilis fuisset, eam nōluerat. Tantum nōmen Atalantae clārae volēbat. Pater, autem, erat. Quidquid iusserat, necesse fuit Atalantae agere. Aprō interfectō, eam ex illā viā, ex illā turbā celebrāntium hominum cēperat pater. Eam iusserat. Quam horribilis erat iste vir!

Itaque captīva erat, velut canis aut avis in caveā esset, velut virgō vēra domī esset. Atalanta pōnere eum in cubiculō et ianuam claudere voluit velut ipse ēgerat. Tōtum corpus eī rigidum cum furōre erat. Illa **pugnōs**[2] fēcit.

Pater eius rīdēbat quia putāvit Atalantam gaudēre dēbēre. Atalanta, autem, mente fingēbat sē sagittam in ōs patris rīdēntis arcū mittere. Atalanta numquam saeva fuerat, sed antequam pater eam cēperat, Atalanta lībera fuerat. Atalanta iam putāvit sē animal captum esse in caveā ubī omnēs eam vidēre, rīdēre, et tangere possent. Tangī nōlēbat. Atalanta nōn erat captīva virgō; īrā saevā affecta est. Cavea perdenda erat, et Atalantae nōn intererat sī multōs hominēs perderet cum caveam perditūra esset.

Sed... hīc pater eius aderat—captor eius—et hīc Atalanta quoque captīva in Arcadiā aderat apud magnam domum patris. Cum Iāsone et illīs Argonautīs nōn iam pugnābat. Per silvam nōn iam currēbat. Animālia sīcut illum magnum et horribilem aprum nōn iam venābātur. Pater eius volēbat eam dūcī uxōrem virō ignōtō. *Uxor!* Atalanta quae per silvās celerrimē cucurrit velut ventus per rāmōs arborum volābat... *uxor dūcenda?*

---

[2] Fists

Capitulum I

Nōn iterum factūra esset captīva virī quī quoque, sīcut pater, fāmā et nōmine Atalantae ūtī vellet ut ipse omnēs honōrēs sibi caperet. Atalanta iam saevissima erat. Atalanta iam poterat mente fingere homicīdium, etiam parricīdium, et sanguinem in manibus suīs ē vulnere quod ipsa fēcerat fluentem. Atalanta iam melius poterat intellegere quālis īra Mēdēam et Medūsam in mōnstra mūtāvisset. Virī eās in illa mōnstra mūtāverant, et fēminīs in mōnstra factīs, omnēs timēbant dīcentēs eās esse saevās. Iam ipsa Atalanta īrā saevā mūtāta erat. Omnēs eam quoque timēre dēbērent.

Pater—Iāsus nōmine—respōnsum Atalantae adhūc exspectābat.

Atalanta cum contemptiōne tandem respondit, "Nec ūllum patrem nec ūllum marītum requīrō. Ego ipsa uxor nōn dūcar."

Pater nōn iam rīsit, sed īrā affectus est. Pater tunicam quam Atalanta gerēbat dēmōnstrāvit.

"Ecce tē! Gerēns illam tunicam virī! Tū dēmōnstrāvistī crūra tibi omnibus virīs quibuscum tū illum aprum vēnāta es! Fēmina es! Nūlla virgō hanc gerere dēbet! Nōn decet!" Iāsus exclāmāvit.

Atalanta tunicam suam spectāvit. Illam tunicam gerēns semper vēnābātur. Omnia in illā tunicā agēbat; ūtilis erat. Stolae eī nōn decent. Atalanta nescīvit vēnārī in illīs stolīs quās aliae fēminae gerēbant. Quandōcumque vēnābātur, saepe cucurrit; itaque, crūra lībera et tunicam requīrēbat velut Diāna ipsa genibus nūdīs fēcerat. Lībertās eī nōn iam erat. Lībertātem requīrēbat. Lībertātem dēsīderābat.

"Nēmō mortuus est quia crūra mihi vīdit—nisi stultus erat," Atalanta īrāta respondit.

Pater eius sē vertit nē Atalantam iam spectāret. Pedēs suōs spectāvit. Atalanta tergum curvātum patrī suō vīdit.

Senex erat, sed potestātem adhūc tenuit. Mente finxit sē **fodere**[3] tergum **cultrō**.[4] Respīrāvit. Nūllum **cultrum** tenuit, nec arcum nec sagittās. Nihil tenuit. Nescīvit an interficere eum tantum manibus suīs posset. **Odiō eī erat**[5] pater.

Iāsus dīxit, "Tū requīris marītum ut possīs esse fēmina bona. Tū certē virgō bona nōn es, currēns in illā tunicā per silvam arcum gerēns, sōla cum tot virīs. Scīsne quid hominēs dē tē dīcant? Tū, cum omnibus illīs nautīs, sōla in nāve erās... Nesciō quālis fēmina sīs, sed ego faciam tē fēminam honōrābilem, uxōrem bonam cum marītō quī tē cūret."

Atalanta rīsit. Nōn audīverat istam fāmam, sed multās aliās similēs audīverat. Aliī hominēs putābant Atalantam esse hērōīnam bonam, sed aliī putābant Atalantam esse obscēnam. Fēminae esse bonae numquam poterant nisi nihil agēbant—et etiam eae bonae esse nōn vērō poterant tantum quia fēminae erant. Atalanta īrāta erat—nōlēbat esse uxor; nec patrem nec marītum voluit. Fēminae bonae historiam numquam creāvērunt, et Atalanta hērōīna fuerat. Ipsa historiam creāverat.

Atalanta respondit, "Ō pater bone et honōrābilis quī ipse semper omnēs in familiā tuā cūrās: nōnne ego sum bona? Quae fīlia melior mē sit? Quae fēmina pār mihi est?"

Iāsus statim sē vertit ut īnspiceret Atalantam et respondit, "Vah, tū bona nōn es!"

Atalanta exclāmāvit, "Sī ego nōn sum bona, cūr mē cēpistī? Permitte ut discēdam."

Iāsus exclāmāvit, "Minimē—tē cēpī ut ego tē cūrem!"

Atalanta cum contemptiōne rīsit, "Tū? Ut mē cūrēs? Mē nōn cūrās. Quandō mē puellam cūrāvisti? Numquam!

---

[3] Stab
[4] Knife
[5] She hated her father; *literally*, her father was for hating to her.

Capitulum I

Nōnne ego mē ipsam cūrāvī? Nōnne ursa mē cūrāvit quia tū mē in illā silvā relīquistī ut ego morīrer? Tū nōn pār illī ursae quae mē vērō cūrābat cum mē sōlam in illō monte relīquistī."

Iāsus claudēns oculōs respīrāvit. Vexātus oculōs tetigit. Eōs aperuit. Dīxit, "Illa ursa erat dea Diāna. Quōmodo ego—vir mortālis—pār deae Diānae sim? Pater tuus tamen sum, et requīrō tē dūcī uxōrem ā virō. *Iubeō* tē dūcī uxōrem. Itaque uxor alicuius eris. Fac mē certiōrem, fīlia, vīsne posse ēligere marītum tuum, an eum ēligam ipse?"

Iāsus fīliam suam spectāvit. Atalanta īrāta et cōnfūsa erat.

Atalanta rogāvit, "Ēligere? Ēligere marītum nōlō. Nēminem ēligō. Virgō erō."

Iāsus fīliam accēssit respondēns, "Illa optiō tibi nōn est. Marītus tē dūcet. Sed sī vīs ēligere quālem virum, fac mē certiōrem. Sciō mē nōn semper fuisse tibi patrem, sed faciam ut fēmina bona fīās et ut honōrem et admīrātiōnem tibi capiās."

Atalanta rīsit et rīsit, "Ut honōrem mihi capiam? Ego quae ipsa vulnerāvī illum aprum Calydōnium! Ego quae ipsa cum Iāsone et Argonautīs pugnāvī! Ego honōrem et admīrātiōnem mihi iam cēpī, et tū honōrem meum tibi capere nunc vīs—quod causa capiendī meī erat! Vīs utī fāmā meā—et meō nōmine!"

Iāsus ā fīliā suā sē vertit et discēdere coepit, "Bene, eum ēligam."

Atalanta subitō timēns nē pater ēligeret aliquem horribilem exclāmāvit id quod prīmum in mentem suam vēnit, "Exspectā, pater, ego ēligam. Certāmen sit in quō omnēs virī current. Ego celeris pede sum. Sī enim aliquis possit currere celerius mē, ille vir fiat marītus meus."

Iāsus fīliam et crūra eī in illā tunicā īnspexit. Atalanta scīvit patrem nōn putāre fīliam esse parem virō, sed ipsa celeris erat. Multī scīvērunt eam esse celerem, sed multī etiam ad Arcadiam ventūrī essent quia amīcōs novōs et commercia habēre volēbant, velut voluit Iāsus. Haec erat causa vēra capiendī Atalantae. Atalanta dūcenda uxor commercium erat, tantum negōtium.

"Bene. Victor marītus tuus fiet?" Iāsus rogāvit.

Atalanta cōgitābat dē illīs virīs quī dūcere eam uxōrem volēbant. Illī virī quī numquam cum *fēminā* vēnārī volēbant, aut pugnāre. Illī quī putābant eam esse obscēnam. Atalanta ipsa pār illīs virīs erat—etiam melior, sed multī putābant fēminam nōn esse fortem, nec celerem. Saevissima facta erat. Illī moritūrī essent. Atalanta incerta erat, etiamsī hoc in mente fingere poterat, an patrem interficere posset... nescīvit... sed ipsōs aliōs virōs quī eam mātrimōniō capere volēbant interficere certē poterat. Putāvērunt eam esse praemium, sed ipsa dēmōnstrātūra esset quāle praemium esset.

Atalanta respondit, "Nōn erit victor, sed victrīx. Et cum victōriam meruerō, omnēs quōs ego ipsa certāmine vīcerō, interficiendī mihi erunt."

Iāsus attonitus vidēbātur. Nōn respondit, sed crūra et pedēs fīliae spectāvit. Tandem vultum fīliae īnspexit. Atalanta scīvit Iāsum nōn putāre sē posse interficere virōs—nec putāre Atalantam eōs certāmine vincere posse. Atalanta illum aprum nōn interfēcerat, tantum vulnerāverat, ut ōlim Iāsus eī dīxerat. Iāsus putāret Atalantam nōn fortem esse et posse interficere nec animal nec virum.

"Lēx certāminis estō," Iāsus tandem dīxit. "Ego mittam virōs quī narrābunt dē certāmine ad aliās patriās ut mittant virōs aut iuvenēs quī currere et competere cum aliīs virīs velint."

Atalanta saeva respondit, "Mēcum competent."

Capitulum I

Iāsus ad iānuam cubiculī discessum īvit. Apud iānuam paulō dubitāvit. Addidit, sē nōn vertēns, "Iussī tibi stolās novās ferrī ut eās gerās. Cūstōdēs quoque ad iānuam tuam adsunt. Nē fugiās." Hōc dictō, Iāsus discessit.

Atalanta sōla in cubiculō, captīva hīc in domō patris ubī esse nōlēbat, dē mātrimōniō cōgitāvit. Īrā cum saevā, **lūcēbat**[6] velut sōl. Sī aliquis eam tetigisset, statim ārsisset.

---

[6] Was shining

Capitulum II

Hippomenēs, Ācer Oculō, *Tempōre Vēnātiōnis*

"Per agrōs mīsit aprum." Ovidius, *Metamorphōsēs*, 8.281.

Omnēs dē aprō horribilī currentī per agrōs Calydōnis audīverant—et dē multis mortuīs interfectīs ab eōdem aprō etiam audīverant. Hippomenēs quoque dē aprō audīverat. Fāma cucurrerat per tōtās patriās, et fāmā audītā, multī hērōēs ad Aetōliam ībant ad aprum Calydōnium interficiendum et victōriam et glōriam sibi capiendam. Fāma tamen nōn explicābat cūr aper per agrōs missus esset nec quī deus aut quae dea eum mīsisset. Fāma incerta erat; itaque, nēmō erat certus.

Fāmā dē illō aprō audītā, Hippomenēs ipse venīre ad Aetōliam voluerat ut rēgem Oenēum et fīlium eius Meleagrum iuvāret. Meleager amīcus eī erat, et Hippomenēs aliōs aprōs in silvīs cum Meleagrō vēnātus erat. Hic aper, autem, erat tam magnus, tam horribilis ut multī requīrerentur ad eum interficiendum. Hippomenēs in marī nāvigāvit per tot undās magnās et ventōs fortēs ut timēret nē moritūrus esset, fortasse ēvānēscēns nocte in mare altum ignōtus cum omnibus nautīs exclāmantibus.

Undae et ventī, autem, in marī tandem tranquillī factī sunt, et Hippomenēs in mare altum nōn ēvānuerat.

Caelum serēnum plēnum avium volantium spectāvit, et ad flūmen quod prope urbem in Aetōliā erat nāvigāvit. Nāvigantēs per flūmen omnēs nautae gāvīsī sunt quia fīnem itineris accessērunt tūtī, sed nōn erat fīnis Hippomenae. Quālis aper tot virōs interficere posset?

Portū vīsō, omnēs magnō cum gaudiō exclāmāvērunt quia advēnerant. Hippomenēs nōn sōlus erat quī putāvisset sē in horribilī marī moritūrum esse. In portū, Hippomenēs ex turbā fīlium rēgis, Meleagrum, quī vēnerat ut advenientēs salūtāret, statim vīdit. Ille altus erat, oculīs colōre maris nocturnī. Hippomenēs horruit, memoriā tenēns magnās undās quae nāvem sub illō caelō obscūrō petīverant.

Meleager ē portū clāmāvit, "Amīce, Hippomenē, gaudeō tē vēnisse ut aprum mēcum vēnēris et interficiās. Tū auxiliō maximō mihi eris! Ācer oculō semper es. Venī ex illā nāve! Nārrā mihi dē vītā et patriā et itinere—omnia!"

Hippomenēs discēdere ē nāve cum aliīs nautīs coepit, sed prīmum urbem spectāvit. Ē nāve, Hippomenēs agrōs et silvās vidēre poterat—et animadvertit ignēs in quibus mortuī interfectī ab aprō cremābantur. Fūmum **olfacere**[7] poterat. Hippomenēs ē nāve discessit, audiēns clāmōrēs avium in portū. Odor piscium quoque fortis erat. In terrā, amīcum suum Meleagrum īnspexit. Meleager fessus et trīstis vidēbātur.

Hippomenēs dīxit, "Ego quoque gaudeō tē esse tūtum. Vēnī ubi fāmam audīvī, sed nēmō mihi explicāre potest cūr aper ā deīs missus sit—cūr aper tot virōs interficit? Amīce, cūr deus aut dea aprum rārum et mōnstruōsum mīsit? Quid hīc accidit et quōmodo auxiliō tibi erō?"

---

[7] Smell

Capitulum II

Meleager oculīs fessīs ad silvās et agrōs et ignēs spectāvit, sed templum in mediā urbe dēmōnstrāvit. Hippomenēs vidēre summam partem templī super moenia urbis poterat. Meleager tantum dīxit, "Ecce, templum Diānae."

Hippomenēs magnum templum in urbe īnspexit. Cōnfūsus, rogāvit, "Diāna aprum mīsit? Sed... quam magnum et pulchrum est illud templum! Nōnne vōs sacrificia deae certē offertis? Cūr Diāna illum aprum mīsit cum magnum templum habeat?"

Meleager ā templō sē vertit et silvās et agrōs iterum spectāvit. **Frontem contrahēns**,[8] respīrāvit et respondit, "Rēx Oenēus huius causae oblītus est, sed Diāna nōn oblīta est. Ut crēdō, ea numquam oblīvīscētur. Ipsa aprum mīsit quia pater meus sacrificiōrum deae oblītus erat. Quid Diānae interest sī pulchrum templum habet sī in illō nōn sint sacrificia? Itaque, illum aprum ex īrā mīsit."

Hippomenēs putāvit Meleagrum dē īrā deae rēctē dīxisse. Nesciēbat an furor Diānae fīnem umquam faceret. Sententiā eius, multō melius semper erat sī deī tē numquam vidērent. Sī deus tē umquam animadvertisset, horribile esset, et vīta tua mūtātūra esset.

Hippomenēs turbam plēnam hominum trīstium et fessōrum īnspexit. Multae fēminae stolās colōrātās fūmō gerēbant, et multī virī et iuvenēs tunicās madidās sanguine gerēbant. Vultūs aliārum fēminārum līneās tenēbant per quās lacrimae cucurrerant. Vultūs eōrum tantō dolōre affectī sunt ut Hippomenēs hoc ferre nōn posset. Pudōre affectus est. Mare altum timuerat, sed venīre hūc ēlēgerat. Nēmō ē turbā hoc perīculum ēlēgerat. Victimae enim erant. Ad moenia urbis iterum spectāvit.

---

[8] Frowning

Meleager Hippomenēn moenia spectantem animadvertit. Dīxit, "Nēmō tūtus est nisi in urbe adest. Ille aper est maximus quem umquam ego vīdī. Quam rārus est, et intellegēns—et ferōx! Valdē perīculōsus est. Nōs omnēs poenam damus quia pater meus Diānae oblītus est. Auxilium omnium hērōum et amīcōrum quī adveniant requīrimus."

Hippomenēs respondit, "Itaque, vēnī ut iuvem." Aliōs hērōēs et fīliōs deōrum dēmōnstrāvit. Dīxit, "Multī aliī quoque advēnērunt. Crēdō nōs interfectūrōs esse illum aprum, et, hōc factō, populus tuus tūtus erit iterum."

Meleager rīsit. "Semper benignus es, Hippomenēs." Sē vertēns ad urbem addidit, "Venī, amīce. Pater meus iussit magnam cēnam parārī omnibus quī advēnerint. Cēnēmus, et dē tē et patriā tuā audīre volō. Tē diūtius nōn vīdī."

Hippomenēs Meleagrum ē portū sequī coepit. Multōs hērōēs et fīliōs aliōrum rēgum in viā vīdit, et multī hērōēs fortiōrēs Hippomenē certē erant. Hippomenēs fīlius rēgis quoque erat... sed fīliī deōrum ipsōrum aderant ut aprum vēnārentur et interficerent. Fīliī deōrum vultūs paene micantēs in lūce sōlis tenuērunt, et prope eōs nebulās etiam aderant in quibus aut dīvīnus pater aut māter sine dūbiō sē cēlāverat ut fīlōs suōs sequerētur. Mūsculī eīs fortiōrēs vidēbantur. Studiō vēnandī affectī sunt; itaque, venīre ēlēgērunt ut glōriam caperent, et patrēs aut mātrēs eōs dēfenderent.

Subitō, magnus clāmor prope nāvēs accidit; omnēs celebrābant et plaudēbant. Et Meleager et Hippomenēs sē vertērunt ut portum vidērent. Quī advēnerant?

Vir exclāmāvit, "Illa nāvis Argō est! Argō videō!"

"Iāsonem! Iāsōn cum illīs Argonautīs venit!" iuvenis plausit et clāmāvit.

Capitulum II

Fēmina cum gaudiō flēns et lacrimās ex oculīs removēns clāmāvit, "Aprum certē interficient!"

Vir gaudēns exclāmāvit, "Ad agrōs meōs et domum revenīre poterō!"

Meleager Hippomenēn spectāvit, sed Hippomenēs ad portum spectābat. Magna nāvis—certē illa Argō clārissima—ad portum advēnerat in quā multī hērōēs rīdentēs et salūtantēs populum in turbā erant. In illā Argō erant Iāsōn et omnēs Argonautae, et vidēbantur rēgālēs et fortēs. Hērōēs certē erant.

Meleager ad nāvem currere coepit, sed Hippomenēs celerius cucurrit. Nēmō celerius quam Hippomenēs currere poterat, itaque Hippomenēs ad Argō prīmum advēnit.

Subitō, omnēs tacitī factī sunt quia omnēs in portū virginem in Argō animadverterant.

Alia fēmina prope Hippomenēn amīcam suam rogāvit, "Cōnfūsa sum. Vēnitne illa virgō ut aprum vēnētur? Quae est illa?"

Amīca fēminae cum **susurrātiōne**[9] respondit, "Nesciō... estne uxor hērōis in illā nāvī? Ecce, vidēre crūra eī potes."

Hippomenēs autem statim scīvit quae virgō in nāve esset. Sē vertit ad Meleagrum quī eam cūriōsē īnspiciēbat et dīxit, "Virgō Atalanta est. Nēmō vēnārī potest melius quam Atalanta. Quam fortūnātī sumus Atalantam vēnisse cum Iāsone et Argonautīs. Ipsa quoque Argonauta est."

Hippomenēs gāvīsus est, et Meleager rīsit. Nōmen Atalantae celeriter per turbam cucurrit. Multī gāvīsī sunt, sed nōn omnēs ē turbā virginem celebrābant et plaudēbant.

---

[9] Whisper

Vir īrātus in portū exclāmāvit, "Dēbēmusne cum hāc virgine vēnārī? Rīdiculum est! Ille aper multōs virōs interfēcit et etiam nunc multōs in silvā interficit! Quid haec virgō agere potest? Dēmōnstrābitne crūra aprō!? Sī ego essem aper et vīdissem crūra virginis, ego ipse moritūrus essem—ex amōre! Minimē! Cum virgine nōn vēnābor! Tūtum nōn est."

Opīniōne virī clāmātā, omnēs iterum tacitī factī sunt, spectantēs inter Atalantam et omnēs hērōēs et filium rēgis Meleagrum et virum quī hoc clāmāverat. Avēs et undae in portū etiam tacitae erant; tōtus mundus tacitus erat, respōnsum exspectāns. Atalanta nihil dīxit, sed in nāve cum aliīs Argonautīs stābat. Vexāta vīsa est. Velut Hippomenēs, sīc Atlanta vēnerat, ut iuvāret. Iste vir clāmāns auxilium accipere tamen nōluit quia Atalanta virgō erat.

Meleager virum quī clāmāverat ignōrāns magnā cum vōce rēgālī exclāmāvit, "Quam fortūnātī sumus quod tū, Atalanta, vēnistī! Accipiō nēminem vēnārī posse melius quam tē. Itaque, tē vīsā, gaudeō—et omnibus Argonautīs et Iāsone vīsīs, gaudēmus vōs vēnisse ut vēnēminī illum magnum et horribilem aprum ā Diānā missum. Requīrimus auxilium omnium virōrum—et virginum—quī vēnārī possint et ab aprō interficī nōn timeant. Nēmō dēbeat timēre cum Atalanta vēnātur nisi ipse aper sit!"

Multī in turbā rīsērunt, sed ille vir quī clāmāverat īrātus vidēbātur. **Pugnōs**[10] fēcit, et **frontem contrāxit**.[11] Atalanta Meleagrum breviter spectāvit, sed nihil dīxit. Cum aliīs Argonautīs, illa ē nāve discessit. Turba hērōēs spectābat, praesertim Atalantam tunicam gerentem.

---

[10] Fists
[11] She frowned

Capitulum II

Populum nōn spectāns, Iāsōn ad Meleagrum superbē ambulāvit ut eum salūtāret.

Iāsōn rīdēns dīxit, "Sum Iāsōn. Nōlī timēre, Meleager, quia advēnīmus. Nōs Argonautae aprum tuum nōn timēmus, sed vēnimus eum interfectum. Populum tuum dēfendēmus."

Meleager rīsit et respondit, "Gaudeō. Venīte, omnēs! Pater meus magnam cēnam vōbīs parāvit. Vōs omnēs, hērōēs et hērōīna, amīcī honōrābilēs apud mē eritis. Bibāmus et cēnēmus!"

Meleager portās urbis dēmōnstrāns ambulāre coepit, et Hippomenēs cum Meleagrō ambulāvit. Omnēs—etiam Atalanta—secūtī sunt.

Hippomenēs Atalantam breviter spectāvit. Studiōsa brācchiīs fortibus vidēbātur, et oculī suī micābant velut lūx in summā undā micāret, saltāns hīc et illīc. Meleager Hippomenēn spectantem vīdit et rīsit. Meleager rogāvit, "Nōnne est pulcherrima virgō quam umquam tū vīdistī? Nūlla uxor pār eī esse possit! Potesne in mente fingere? Ego possum. Dī immortālēs—ego certē possum. Vīdistīne crūra eī?"

Hippomenēs crūra Atalantae nōn īnspexerat, tantum illōs oculōs plēnōs saltantis lūcis. Hippomenēs illa crūra nunc vīdit. Fortia. Celeria. Et sine dubiō, pulchra erant.

Hippomenēs nōn respondit, sed secūtus est Meleagrum rīdentem et crūra Atalantae īnspicientem ad domum eius.

Capitulum III

Atalanta, Celeris Pede, *Tempore Certāminis*

"Fuge coniugis ūsum." Ovidius, *Metamorphōsēs*, 10.565.

Atalanta currere per silvās animālia vēnāns volēbat, sed nōn poterat. In cubiculō novō suō ambulābat velut ursa in caveā capta ambulāret. Cubiculum simplex erat. Lectus aderat, sed nihil aliud. **Fenestra**[12] nōn aderat. Tōta cavea erat, locus temporārius sine gaudiō dum esset uxor dūcenda.

Iānuā cubiculī clausā, spīrāre bene nōn poterat. Itaque iānuam aperuit, et ibi stetērant illī duo cūstōdēs. Atalanta iānuam apertam spectāvit ubī cūstōdēs iterum magnā cum vexātiōne vīdit. Pater etiam istōs cūstōdēs mīserat nē Atalanta fugere posset, et apud iānuam cubiculī stābant illī cūstōdēs. Atalanta cūstōdēs īnspexit: Altōs, fortēs, sed tardōs et sine dubiō stultōs.

Atalanta scīvit sē esse celeriōrem cūstōdibus... sed sī Atalanta ā patriā patris fugitūra esset, quid pater tum āctūrus esset? Atalanta ipsa illum magnum et horribilem aprum vulnerāverat, sed neminis nōn intererat. Sī pater eam vellet, quō Atalanta fugere posset? Quī portus tūtus

---

[12] Window

Capitulum III

esset? Nōnne pater secūtūrus esset ut iterum eam caperet? Putāvit nūllum portum futūrum esse tūtum sī ipsa patrem vīventem adhūc habēbat. Iter nōn factūra erat quia nūlla patria eam nunc acceptūra erat.

Atalanta respīrāvit et **parietem**[13] cubiculī spectāvit. **Pariēs** simplex erat; imāginēs in pariete nōn erant, nec animālia, nec columnae, nec hominēs, nec etiam ullum folium in ullā arbore. In aliīs cubiculīs in domō patris imāginēs in parietibus aderant. Tōtum cubiculum eius tamen sine colōre erat. Silva multō pulchrior erat colōribus foliōrum viridum et truncōrum brunneōrum et aureā lūce sōlis. Atalanta nōn putāvit hoc esse cubiculum. In quāle cubiculō in domō rēgis nōn aderant imāginēs?

Atalanta cūstōdem rogāvit, "Cui ūsuī huius cubiculī erat antequam hūc lāta sum?"

Cūstōdēs inter sē spectāvērunt, et ūnus ē cūstōdibus, adhūc eam nōn spectāns, tandem respondit, "Ut repōnerēmus **frūmentum**."[14]

Atalanta cum īrātō dolōre rīsit. Iāsus iussit ut Atalanta reposita sit, velut **frūmentum** aut vīnum reposita sunt dum requīsīta sint. Atalanta sine dubiō scīvit hoc vērum esse: sī fugiat, pater veniat ad eam iterum capiendam. Pater vellet in hoc cubiculum eam repōnere dum dūcerētur uxor.

Captīva erat. Atalanta lībera numquam iterum futūra esset. Atalanta virgō erat, nōn homō, certē nōn vir, sed illa rēs—praemium. Virī eī iam dīxerant virginēs dēbēre esse capiendās velut pōma mātūra, et illa pōma meliōra esse sī dē arboribus cum difficultāte vēnissent. Itaque virginēs capiendae erant velut **frūmenta**[15] in agrīs colligenda

---

[13] Wall
[14] Grain
[15] Grains

erant. Ipsa reposita est velut illa pōma vēra ex arboribus hīc in istō cubiculō reposita erant. Atalanta dulcem odōrem pōmōrum paene sēnsit, sed hoc nūllum gaudium eī tulit.

Atalanta exclāmāre voluit. Captīva uxor dūcenda erat uxor ā stultō virō quia Iāsus amīcōs et commercium voluit. Vīdit stolās novās quās pater sibi dederat explicāns sine patientiā bonās fēminās eās gerere. Ūnam statim cēpit, et textūram optimam sēnsit, mollem et bene factam—rēgālem ut aliae fīliae rēgum gerēbant. Cūstōdibus spectantibus, Atalanta istam stolam novam **laniāvit**,[16] et secundam quoque stolam captam **laniāvit**. Omnēs stolās quae pater eī dederat **laniāvit**, et stolīs **laniātīs**, cūstōdēs cum prōvocātiōne spectāvit. Cūstōdēs eam tantum spectābant, sed nōn intervēnērunt. Cōgitārent quidquid vellent.

Mox Atalanta in certāmine cursūra erat. Atalanta currere celerius fātō poterat, et marītum numquam habēret. Nūllus vir eam in mātrimōnium dūceret, et ipsa interficeret omnēs virōs quī putābant sē esse quam eam meliōrēs et celeriōrēs. Iāsus glōriam Atalantae et commercium quoque voluit, sed fīliōs mortuōs amīcōrum haberet.

Atalanta dubitābat. Sī enim Atalanta omnēs virōs interfectūra esset quibuscum cursūra esset, quid rēx Iāsus tum āctūrus esset? Nōnne necesse eī esset permittere ut Atalanta ipsa discēderet? Pater nōn posset tenēre amīcōs et commercium sī Atalantā multōs fīliōs rēgum et fīliōs clārōs ex aliīs patriīs interfectūra esset.

---

[16] Tore to pieces, mutilated

Capitulum III

Cōgitāns dē illīs interficiendīs ā manibus suīs et cōgitāns dē terrā sanguine fluentī, Atalanta bene spīrāre nōn poterat. Discēdere ex istō cubiculō necesse eī erat. **Parietēs**[17] ipsī ad eam accēdere vidēbantur. Iānua nōn iam satis aperta erat. Quō cūstōdēs permitterent ut ipsa īret?

Atalanta ad cūstōdēs īvit, et dīxit, "Volō ad templum Diānae īre quō sacrificum offeram."

Cūstōdēs inter sē iterum spectāvērunt, sed nōn movēbantur.

Atalanta exclāmāvit, "Est religiō! Pater īram deae Diānae certē nōn vult. Haec erat causa Calydōniī aprī missī quī tot virōs interfēcit. Vultisne ut Diāna secundum aprum mittat?"

Cūstōs secundō cūstōdī dīxit, "Bene, īre ad templum eī fortasse deceat."

Atalanta respondit, "Certē decet! Ut vōs sciātis, Diāna mē infantem cūrābat et ēducābat!"

Cūstōdēs nōn respondērunt. Atalanta cum vexātiōne respīrāvit et rogāvit, "Sī Diāna peius mōnstrum missūra esset—ferōcior illō aprō—quāle mōnstrum perīculōsum mitteret? Quid putātis? Eritisne tūtī sī mē nōn permittētis ut ad templum eius eam?"

Prīmus cūstōs tergum secundī cūstōdis pepulit. Ille respīrāns dīxit, "Decet. Tēcum veniēmus, sed sī tū fūgeris, nōs tē inveniēmus etiamsī currās tam celeriter quam tū posse putēs. Ut crēdō, rēx Iāsus tē infantem interficere dēbuisset et sine dubiō negāre tē esse filiam eius. Tū pudōrī es huic familiae rēgālī."

Atalanta tantō furōre affecta est ut vidēre paene nōn posset. Iānua tamen aperta est, et Atalanta ex horribilī caveā et horribiliōre domō patris discedere valdē voluit.

---

[17] Walls

Itaque, tergō rēctō et rigidō ē cubiculō ambulāvit. Cūstōdēs ē domō patris eam propius secūtī sunt. In viā sub caelō, spīrāre melius poterat. Ventum in cruribus et brācchiīs sēnsit. Facilius erat fingere in mente sē adhūc hērōīnam, illam quae semper fuerat, cum sōla in illō cubiculō nōn aderat.

Atalanta ad templum Diānae ambulāre coepit memoriā tenēns quōmodo, aprō interfectō, pater eam in Aetōliā invēnerat, clāmāns fīlia, *ō mea amāta fīlia quam diūtissimē āmīsī!* Atalanta attonita nihil ēgerat, nōn crēdēns patrem suum vērō vēnisse, nōn crēdēns quid dīxisset. Cūr deus aut dea eum **mentientem**[18] nōn statim interfēcisset, Atalanta nesciēbat. Ipsa eum interficere dēbuisset velut ille cūstōs putāverat patrem eam interficere dēbuisse.

Iāsus eam nōn interfēcerat, Diāna eam cūrāverat, et Atalanta vīxerat. Iāsus tum advēnerat, et Atalanta nōn iam lībera virgō et fortis vēnātrīx erat, sed fīlia rēgis quī amīcōs novōs et commercium habēre volēbat. Ipsa illud commercium erat. Quid agere nunc poterat? Atalanta viam tantum spectāvit. Vidēre urbem nōluit ubī vīveret sī pater eam in silvā nōn relīquisset.

Multī hominēs in viā aderant, sed nēmō cum Atalantā locūtus est. Omnēs autem eam cum cūriōsitāte sed oculīs oblīquīs īnspexērunt. Scīvērunt eam esse fīliam rēgis. Dē certāmine certē audīverant. Atalantae nihil interfuit sī putābant eam esse īnsānam aut tardam pede aut superbiōrem quam virginī decēbat. Celeris pede erat, et nōn dūcenda erat uxor. Cum hominēs eam in viā ambulantem cum duōbus cūstōdibus vīdērunt, susurrāre

---

[18] Lying

Capitulum III

statim coepērunt. Atalanta audīre nōn poterat, sed scīvit quid dē eā dīcerent.

Cūstōdibus sequentibus, Atalanta ad templum Diānae advēnit. Magnam iānuam factam ex **aere**[19] spectāvit. Ianua imāginibus sculpta erat, et Atalanta in ianuā sculptā vīdit Diānam, corōnam cum lūnā **gemināta**[20] gerentem et arcum et pharetram cum sagittīs tenentem, quae per silvam cum magnā ursā ambulābat. Atalanta Diānam sculptam ex **aere** tetigit, susurrāns, "Tū semper mihi auxiliō erās. Quaesō ut mē iterum iuvēs."

Atalanta magnam ianuam aperuit, et templum intrāvit. Cūstōdēs templum nōn intrāvērunt. Atalanta sōla in templō tacitō erat, et altam statuam Diānae vīdit. Apud statuam magnificam et altam factam ex **ebore**[21] et aurō, Atalanta sēdit et exspectābat. Sōl ipse dormīre parābat, sed Atalanta deam adhūc exspectābat. Lūna micāns per caelum obscūrum surgere coepit, et Atalanta adhūc exspectābat. Nescīvit quid exspectāret, sed spērābat deam ventūram esse.

Atalanta in templō tacitō sub lūce lūnae tandem dormīvit, adhūc exspectāns. Per somnium Atalanta cālīginem dēnsam vīdit, sed cālīgō erat tam dēnsa ut Atalanta multum vidēre nōn posset. In cālīgine dēnsā, Atalanta ambulāre coepit, audiēns vōcēs susurrantēs. Cālīgō frīgida erat, itaque Atalanta horruit.

"Atalanta," vōx prope eam susurrāvit. Sonus vōcis mollis erat, eam paene cum amōre salūtāns.

"Adsum," Atalanta respondit, sē vertēns ad vōcem, nōn timēns sed cum cūrā in cālīgine ambulāns.

"Atalanta," alia vōx propius et minus mollis susurrāvit.

---

[19] Bronze
[20] Twinned, doubled
[21] Ivory

"Adhūc adsum," Atalanta respondit, paulō vexātior.

"Tenēsne memoriā?" alia vōx susurrāns et quasi saltāns ubīque in cālīgine dēnsā rogāvit. Sonus tertiae vōcis paene **raucus**[22] erat. Atalanta vōcem susurrantem in aure sēnsit.

Atalanta ubīque in cālīgine spectāvit, sed nihil vīdit. Quid tenēre memoriā dēbuit? Atalanta hoc somnium esse scīvit, itaque sine multā cūrā ambulāre celerius coepit.

"Quid vultis? Quid memoriā tenēre dēbeō?" Atalanta rogāvit, brācchia movēns ut cālīgō dēnsa ēvānēsceret, sed cālīgō facta est dēnsior, obscūrior, frīgidior.

Atalanta vōcēs rīdentēs audīvit.

"Nōnne īvistī ad ōrāculum?" alia vōx rīdēns cum saevitiā ē cālīgine rogāvit. Sonus mūtātus erat. Vōx iam ululābat.

Atalanta timēre iam coepit. Horruit. Memoriā tenuit. Atalanta currere in cālīgine coepit. Celerius et celerius sine cūrā currēbat.

Vōx proxima eī susurrāvit, "Quid dīxit hoc ōrāculum, Atalanta?"

Atalanta territus salīvit, et celerius cucurrit, praeceps in cālīginem dēnsam et frīgidam nōn terram spectāns; vidēbātur eī velut sī oculīs clausīs curreret. Nescīvit an saxa in cālīgine adessent, nec cūrāvit. Fūgere vōcēs ululantēs tantum voluit.

Vōx rīsit, et dīxit, "Fūgere ā nōbīs tū nōn potes, nec fātum tuum, etiamsī currere quam celerrimē potes."

Atalanta in cālīgine dēnsā vidēre nōn poterat, sed quam celerrimē currere incēpit. Timēbat, sed memoriā tenuit quid ōrāculum dīxisset. Lacrimae in oculīs eī collēctae sunt, sed Atalanta nōn flēvit. Tōtum corpus ārdēbat velut

---

[22] Hoarse

Capitulum III

ignis ferōx per vēnās currēbat, et nōn eī erat satis āeris in pulmōnibus, currēbat praeceps. Ipsa in cālīgine nihil vīdit, sentiēns illās vōcēs sine corporibus in nocte obscūrā rīdentēs. Atalanta in vītā suā numquam celerius cucurrerat. Nescīvit an vērō curreret aut tantum per somnium curreret, sed eius nōn intererat. Tōta oppressa terrōre erat.

Vōx ōrāculī per cālīginem subitō vēnit, exclāmāns et ululāns, "Fuge mātrimōnium, Atalanta. Mūtāberis mātrimōniō. Fuge, sed memoriā tenē tē nōn cursūram esse celerius fātō."

Atalanta per illam dēnsam, frīgidam cālīginem audiēns vōcēs susurrantēs et rīdentēs et ululantēs quam celerrimē cucurrit timēns nē fātum celerius currere posset. Captīva iam erat... quid plūs eam exspectātūrum esse? Horruit. Scīre nōluit. In nūllō locō tūta erat.

Subitō, Atalanta nōn iam dormīvit et nōn iam per somnia vōcēs ululantēs nec susurrantēs audīvit, sed mollem lūcem sōlis in templō tacitō Diānae vīdit. Pulmōnibus ārdentibus cum difficultāte Atalanta spīrābat. Exanimāta erat velut sī in certāmine longissimō competīvisset. Tōtō corpore sūdāverat velut sī diūtissimē cucurrisset, sed per tōtam noctem in templō dormīverat. Tunica eius sūdōre madida erat. Atalanta surrēxit, et statuam altam Diānae īnspexit. Crūra sine fortitūdine eī vidēbantur; stāre paene nōn poterat, sed statuam Diānae cēpit.

Spīrāre cōnāta est, tenēns pedem altae statuae. Quid illa somnia significāvērunt? Atalanta vultum deae īnspexit. Mīseratne Diāna illa horrifica somnia? Quōrum vōcēs fuerant? Atalanta nescīvit, sed spērāvit sē currere celerius illō ōrāculō posse.

Iānuā apertā, Atalanta ex illō templō discessit, et cūstōdēs adhūc aderant, nec vexātī nec fessī vidēbantur.

Ūnus cūstōdum īnspexit tunicam sed nihil dē hāc dīxit. Atalanta madidam sūdōre et frīgidam tunicam suam tetigit. Magnā dēfatīgātiōne affecta est. Quid in templō acciderat? In medium templum respexit, et putāvit sē posse vidēre aliquid cālīginis. Cūstōs ianuam sculptam celeriter clausit. Illa horruit.

Cūstōs rogāvit, "Esne tū parāta?"

"Cūr?" Atalanta respondit. Nōn parāta erat, sed hoc dīcere nōluit. Sonī vōcum susurrantium et ululantium eam adhūc agitābant.

Cūstōs respondit, "Rēx Iāsus cursum certāminis creāvit, et virī et iuvenēs iam advēnērunt ut in certāmine tēcum competant. Venī." Viam dēmōnstrāvit.

"Nunc?" Atalanta cōnfūsa et fessa cum trepidātiōne rogāvit.

Cūstōdēs nōn respondērunt, sed viam iterum dēmōnstrāvērunt.

Atalanta frontem contrāxit, cōgitāns. Dīxit cūstōdī, "Arcum meum et omnēs sagittās meās requīrō. Fer eōs. Lēx certāminis est. Cum victrīx fuerō, omnēs competītōrēs interficiam."

Omnēs dē lēge certāminis scīvērunt. Aliī putāvērunt patrem Atalantae esse īnsānum quia putāvērunt Atalantam victūram esse; aliī autem putāvērunt patrem cēpisse cōnsilium bonum. Cūstōdēs inter sē spectāvērunt.

Ille cūstōs quī putāverat Iāsum interficere eam dēbuisse ad eōs capiendōs discessit. Atalanta scīvit illum custōdem hoc fēcisse tantum quia vellet eam rīdēre, cum aliī competītōrēs eam vincerent. Ille sine dubiō putābat Atalantam vincere competītōrēs nōn posse, sed error eius erat. Vexāta Atalanta respīrāvit.

Atalanta in viā ambulāre coepit, sed secundus cūstōs mollī cum vōce rogāvit, "Nōnne timēs?"

Atalanta respondit, "Omnia quae timēre nescīvī iam accidērunt. Itaque, nihil timeō. Aliī competītōrēs nunc timeant."

Sōl in caelō lūcēbat, sed Atalanta post ianuam sculptam imāginibus deae Diānae et cālīginem dēnsam et vōcēs susurrantēs sēnsit. Madida tunica, quam gerēbat, frīgida erat, et itaque Atalanta iterum horruit; sed tamen, cūstōde sequentī, ad certāmen et fātum ambulāre passibus et oculīs fixīs iterum coepit.

Capitulum IV

Hippomenēs, Ācer Oculō, *Tempōre Vēnātiōnis*

"Lecta manūs iuvenum coiēre cupīdine laudis." Ovidius, *Metamorphōsēs*, 8.300.

Rēx Oenēus magnam cēnam parāverat in quā multī aprī **assātī**[23] erant. Nūllus aper erat ille magnus et horribilis aper missus ā deā Diānā, sed multōs diēs, omnēs iuvenēs et hērōēs quī vēnerant aprōs vēnābantur et multōs aliōs aprōs interfēcerant. Itaque, cēna plēna aprōrum **assātōrum** erat. In ōre ūnīus aprī pōmum cōlōre viridī erat. In aulā odor aprōrum, vīnī, pōmōrum, et cinnamōmī erat.

    Hippomenēs apud mēnsam cum Meleagrō reclīnābat, cēnāns aprum **assātum** et spectāns aliōs virōs. Hippomenēs rēgem Oenēum animadvertit, et ille vidēbatur senex quī oblīvīscī sacrificiōrum deae posset. In lectō rēgālī reclīnābat rēx Oenēus. Tergum rēgis curvātum vidēbātur, et oculī eius paene clausī sunt. Cōnfūsus senex vidēbātur spectāns gregēs iuvenum et hērōum, incertus cūr adessent. Deae et deī saepissimē erant inhūmānī et saevissimī, praesertim mortālibus oblīviōsīs. Cūr poenam

---

[23] Roasted

Capitulum IV

dederat Diāna senī quī fortasse etiam nunc oblītus est magnī aprī quī agrōs perdēbat et virōs patriae suae interficiēbat? Ille memoriā nōn tenuit. Ista dea saeva erat.

Et Meleager animadvertit Hippomenēn patrem suum spectantem. Meleager dīxit, "Pater meus senex est. Rēx mox erō, et ego facere sacrificia omnibus deīs semper memoriā tenēbō. Mē rēge, populus meus semper tūtus erit."

Meleager superbus vidēbātur, sed Hippomenēs nōn respondit. Nēmō scīre futūrum poterat. Hippomenēs et Meleager in vēnātiōne interficī ab illō aprō crās possent. Fortasse nec Meleager nec Hippomenēs senex factūrus esset. Hippomenēs rēgem rīdentem sine fortitūdine vīdit, nihil dē turbā intellegentem. Nēmō contrā fātum pugnāre poterat.

Subitō, Meleager dīxit, "Ecce!" dēmōnstrāns Iāsonem Hippomenae. Iāsōn enim rīdēbat et multum vīnī cum aliīs Argonautīs bibēbat. "Mihi vidētur Iāson **ēbrius**[24] esse. Quid putās tū?"

Hippomenēs Iāsonem īnspexit. Iāsōn sine dubiō ēbrius erat. Salīvit in mēnsam et in mediā aulā saltāre coepit. Omnēs Argonautae plaudere statim coepērunt, exclāmantēs, "Cane, cane!" Itaque, Iāsōn ipse saltāns in mēnsā ēbrius canere dē glōriā suā coepit. Meleager rīdēns mēnsam pulsābat.

Hippomenēs rēgem iterum spectāvit. Oenēus oculīs dēmissīs Iāsonem saltantem et ēbrium nōn animadverterat. Hippomenēs nescīvit quid Oenēus animadvertere posset. Oculī rēgis iam clausī sunt; fortasse dormiēbat. Parvus vidēbātur velut puer cuius māter in lectō posuerat ut dormīret.

---

[24] Drunk

Hippomenēs Meleagrō respondit, "Spērō Iāsonem bene dormīre nocte. Cum aprum crās vēnābimur, requīrēmus omnēs virōs quī vēnērunt sī aper est tam horribilis quam nārrāvistī."

Meleager frontem contrāxit spectāns Iāsonem, nōn iam rīdēns. Respondit, "Aper est horribilis ut narrāvī, et peior."

Hippomenēs Argonautās quī omnēs canere cum Iāsone coeperant spectāvit. Multī ēbriī erant, bibentēs plūs vīnī et canentēs dē glōriā et victōriā, sed tantum Iāsōn in mēnsā saltābat. Multī Argonautae eum cum gaudiō spectābant. Omnēs Argonautae hērōēs erant, sed Iāsōn? Iāsōn erat... bene, *Iāsōn*. Nōmen eī clārissimum ubīque erat.

Hippomenēs tum animadvertit Atalantam cum Argonautīs celebrantibus nōn adesse. Rogātūrus Meleagrum ubī illa esset, sed subitō Atalantam advenientem in magnā aulā vīdit. Etiam in lūce obscūrā, fortasse praesertim in illā lūce cum fūmō ex ignibus, oculī Atalantae micābant velut sōlēs **gemināti**[25] in caelō nocte ārdērent: ferōcēs et clārī.

Meleager quoque eam animadvertit et dīxit, "**Babae!**[26] Crūra advēnērunt!"

Hippomenēs respīrāns respondit, "Atalanta. Nōmen illae hērōīnae Atalanta est."

Meleager autem eum nōn audīvit—aut fortasse nihil cūrāvit. Hippomenēs nescīvit.

Atalanta Argonautās ēbriōs plaudentēs et Iāsonem saltantem et canentem in mēnsā spectāvit. Frontem contrāxit, incerta. Rēgem quoque cum oculīs eius clausīs spectāvit. Atalanta aliās mēnsās et gregem fēminārum

---

[25] Twin, doubled
[26] Wow!

Capitulum IV

spectāvit. Fēminae quae in aulā ūnā sedēbant eam cum vexātiōne cōnfūsā īnspiciēbant. Atalanta tunicam suam tetigit. Spectantēs eam aliae fēminae oculīs oblīquīs susurrāre ūnā coepērunt. Atalanta vīsa est incerta quō īret. Atalanta ad aliam mēnsam ambulāre coepit, mēnsam cum nōnnūllīs virīs quī ēbriī nōn erant.

Meleager surrēxit, exclāmāns, "Atalanta! Venī hūc, ēde nōbīscum, quaesō!"

Multī virī Meleagrum exclāmantem audīvērunt et sē vertērunt ut eum spectārent, et Atalantam tum spectāvērunt. Hippomenēs aliōs virōs susurrantēs audīvit, sed audīre quid dīcerent nōn poterat. Oculī vexātī Atalantae breviter lūce micuērunt. Nōn audiēns quod dīxissent Hippomenēs scīvit quid virī susurrāvissent. Multī erant quī vēnārī aprum cum virgine nōllent. Atalanta ā mēnsā illōrum virōrum ambulāvit, et mēnsam Hippomenae et Meleagrī accessit. Paene omnēs eam ambulantem per aulam spectābant.

Atalanta ad mēnsam Hippomenae et Meleagrī advēnit. Lectus īnspexit et in illō Atalanta reclīnāvit. Omnēs fēminae sedentēs inter sē susurrāre statim coepērunt. Certē putābant nōn decēre fēminae reclīnāre. Hippomenēs ipse fēminam reclīnantem in cēnā nōn vīderat, sed ipse nōn cūrābat utrum fēmina sēdit an reclīnāvit. Atalanta mēnsam spectāvit. Aper assātus in mēnsā erat, sed etiam vīnum, olīvae, carōtae, piscēs, et multa pōma, nōnnūlla assāta, in mēnsā erant.

Meleager gāvīsus est quia Atalanta ad mēnsam eius vēnerat. Hippomenēs scīvit Meleagrum studiō loquendī cum Atalantā afficī.

Meleager eam statim rogāvit, "Scīsne deam Diānam mīsisse Calydōnium aprum?"

Atalanta dormientem rēgem Oenēum breviter spectāvit, sed oculī eius ad mēnsam plēnam cēnae celerius revēnērunt. Paulum rīsit et respondit, "Hoc sciō."

Hippomenēs rogāvit, "Nōnne tū es fīlia Diānae?"

Atalanta rīdēns respondit, "Diāna virgō est. Quōmodo possim esse fīlia eius?"

Hippomenēs statim ērubuit, sed rīsit. Meleager quoque rīsit, vīnum paene **spuēns**,[27] et tergum Hippomenae pepulit. Hippomenēs respondit, "Rem tenēs. Illa virgō est. Audīvī autem fāmam Diānam tē infantem cūrāvisse."

Atalanta rīsit, et pōmum cēpit. Edere pōmum assātum coepit. Hippomenēs odōrem pōmī assātī olfacere poterat. Pōmum nōndum ēderat, itaque ūnum cēpit ut eum ederet. **Sapor**[28] dulcis erat.

Meleager plūs vīnī bibit et crūra Atalantae iterum animadvertit antequam ōs et oculōs Atalantae spectāvit. Meleager dīxit, "Ego quoque hanc fāmam audīvī. Estnc vēra?"

Atalanta respondit, "Vērum est."

Hippomenēs rogāvit, "Quid accidit?"

Diū Atalanta nihil dīcēbat. Pōmum ēdit. Meleager et Hippomenēs exspectābant. Meleager aprum cum carōtīs ēdit. Atalanta tandem dīxit, "Cum puella essem, ursa, quae dea Diāna erat, mē in silvā cūrābat et ēducābat."

Hippomenēs Atalantam magnā cum cūriōsitāte spectāvit. Nōn dubitāvit deam cūrāvisse Atalantam—et adhūc cūrāre. Atalanta eundem micantem vultum habēbat quālis aliīs hērōibus et fīliīs deārum et deōrum. Hippomenēs ipse animadvertī ā deīs numquam voluit.

---

[27] Spitting
[28] Taste, flavor

Capitulum IV

Voluitne hoc Atalanta? Nescīvit. Dea eam animadverterat, et sī tōta fāma vēra esset, Atalanta vītam deae dēbēret.

Meleager rogāvit, "Cūr in silvā erās?"

Meleagrō rogante, Hippomenēs statim intellēxerat cūr Diāna eam in silvā cūrāvisset. Atalanta fīlia erat. Multī patrēs fīliās nōlēbant... itaque fīliae in montibus, silvīs, aut in agrīs saepe relictae sunt. Pater eius eam in monte relīquerat ut morīrētur. Quis vellet dīcere patrem tē relīquisse, praesertim ignōtō virō, fīliō rēgis quem rēx certē voluerat? Hippomenēs celeriter exclāmāvit quod prīmum in mente venit, "Cum essēs puella, quid in silvā tē dēlectābat?"

Atalanta statim multō minor ānxia vīsa est et rogāvit, "Quid in silvā nōn mē dēlectet? Quid timēre dēbuissem?"

Meleager statim respondit, "Aprōs," sed Hippomenēs in eōdem mōmentō sine cōgitātiōne respondit, "Deam."

Meleager Hippomenēn rīsit. Sine **scrūpulō**[29] Atalantae statim dīxit, "Hippomenēs deīs numquam crēdidit."

Atalanta cum cūriōsitāte rogāvit, "Cūr?" Plūs pōmī suī ēdit.

Hippomenēs dubitāvit. Nescīvit quid alicui amātae ā deā dictūrus esset. Etiamsī Diāna virgō erat, Atalanta fīlia eius tamen erat. Cum in silvā relicta esset, dea auxiliō eī fuerat. Atalanta autem respōnsum Hippomenae intentē exspectāvit. Ipse offendere eam nōluit.

Hippomenēs vīnum bibit, nōn respondēns sed sentiēns aurēs sibi ārdēre. Partem aprī assātī cēpit ut ederet. Hippomenēs valdē vellet sē numquam nārrāvisse Meleagrō, cum iuvenēs fuissent, sententiam suam dē deīs, quam nūllī nisi Meleagrō dīxisset. Nox fuerat, post diem difficilem in quō multī iuvenēs in aliā venātiōne interfectī

---

[29] Scruple

erant. Circum ignem sedēbant, et cēnam parābant. Frīgidum fuerat. Multus et fortis fūmus ex igne oculōs eī doluerant, et Hippomenēs lacrimās in eīs sēnserat. Cōgitāns dē omnibus interfectīs, Hippomenēs omnia dubia sua dē deīs Meleagrō nārrāverat, et Meleager intentē audīverat. Hippomenēs dīxerat hominēs nōn dēbēre ā deīs multum auxiliī exspectāre, nec eōs nimium timēre. Meleager tamen deīs crēdiderat, adhūc crēdēbat.

Incertus quid dictūrus esset Hippomenēs ōs aperuit ut *aliquid* tandem dīceret. Meleager autem interrūpit, "Sed in silvā cum Diānā vīvēbās. Nōnne domum volēbās?"

Atalanta respondit, "Silva adhūc domus mea est. Cum essem puella, Diāna erat tōta familia quam volēbam."

Meleager dīxit, "Diāna ipsa autem illum aprum mīsit quem vēnāberis."

Atalanta respondit, "Hoc quoque sciō."

Meleager rogāvit, "Sed tū adhūc hūc vēnistī ut iuvārēs? Cūr? Nōnne Diāna vexāta tēcum erit sī aprum eius venāta eris?"

Atalanta tantum rīsit velut sī sēcrētum optimum tenēret. Pōmum ēdit.

Hippomenēs mēnsam plēnam carōtārum, olīvārum, piscium, aprōrum spectāvit, sed Atalanta pōma tantum ēderat. Rogāvit, "Dēlectantne te illa pōma?"

Atalanta aliud pōmum assātum cēpit, et dīxit, "Certē. Nōnne pōma tē dēlectant?"

Meleager inter Hippomenēn et Atalantam spectāvit. Hippomenēs respondēre Atalantae coepit, sed Meleager superbus dīxit, "Nōs gaudēmus tē vēnisse ut illum aprum vēnēris et auxiliō nōbīs sīs. Quam celeris tū es, ut omnēs nārrāvērunt, sed nōn nārrāvērunt quam pulchra tū sīs! Ille quī marītus erit maximē gaudēbit."

Capitulum IV

Hippomenēs oculōs breviter micantēs Atalantae iterum vīdit.

Atalanta surrēxit, tenēns pōmum, et dīxit, "Nūllus mē uxōrem dūcet." Atalanta celeriter discessit, nōn respiciēns Meleagrum nec Hippomenēn nec rēgem dormientem nec Iāsonem quī in mēnsā nōn iam saltābat sed in lectō rīdēns collāpsus erat. Atalanta passibus rēgālibus ambulāvit velut fīlia rēgis—velut fīlia deae, sīc vultū micantī ex aulā discessit.

Meleager rīsit et tergum Hippomenae pepulit. "Vah, amīce, vīdistīne eam? Crēde mihi, uxor mea erit! Nūlla fēmina pār eī est, et ipsa est illa quam ipse volō."

Hippomenēs tergum tetigit. Doluit. Meleager eum fortiter pepulerat, plūs quam necesse fuerat.

Hippomenēs amīcum suum nōn respondit, adhūc magnam ianuam per quam Atalanta ēvānuerat spectāns. Cōgitāvit, *nec ūllus vir pār illae virginī est.*

Capitulum V

Atalanta, Celeris Pede, *Tempōre Certāminis*

"Audentēs deus ipse iuvat." Ovidius, *Metamorphōsēs*, 10.586.

Atalanta in cursū stetit, spectāns viam in quā cursūra erat. Sōl fortius lūcēbat, sed arborēs quoque in cursū erant. Itaque, paucae umbrae in certāmine futūrae essent. Atalanta initium cursūs īnspexit; finem quoque īnspexit. Nōnnūlla saxa in cursū erant, sed via ipsa bona erat. Cursus longior erat, itaque necesse esset Atalantae currere celerius, sed patientiam etiam cōnservāre ut quam celerrimē in fine cursūs currere posset.

Currere sub umbrā arborum foliīs viridibus valdē dēsīderābat... sed magnā īrā affecta est quia tam diū nōn licēbat eī currere. Cum Atalanta rogāverat currere, Iāsus gavīsus est respondēre *nōn decet*. Itaque, Atalanta in cubiculō suō—caveā suā—fuerat. Competere nōluit, tantum currere lībera nocte sub stēllīs—esse lībera tōtum diem sub caelō.

In fine cursūs, Iāsus stābat, eam exspectāns, et multī iuvenēs et virī eam exspectābant quōs ipsa mox interfectūra erat. Spectāre illōs virōs nōluit. Atalanta spērāverat nūllōs virōs in certāmine cursūrōs esse. Nōlēbat virōs interficere tantum quia illī erant stultī et superbī. Stultī autem hūc vēnerant ut currerent in certāmine in quō Atalanta victrīx futūra esset. Nōluit vidēre eōs rīdentēs aut scīre quō colōre oculī eōrum essent antequam illōs interfectūra esset.

Atalanta patrem suum spectāvit. Ille nōn dum locūtus erat. Pater aliquid voluit, sed Atalanta nescīvit quid vellet. Atalanta rogāre nōluit, itaque tantum dīxit, "Iāse."

Atalanta poterat sentīre omnēs iuvenēs et virōs eam spectantēs. Adhūc arcum suum et omnēs sagittās suās exspectābat.

"Fīlia," respondit Iāsus.

Atalanta magnam arborem quae prope initium cursūs aderat spectāvit. In rāmīs arboris parvam avem vīdit. Atalanta in silvā esse voluit; currere autem in certāmine nōluit. Vēnārī animālia voluit; interficere stultōs nōluit. Respīrāvit. Loquī cum patre suō valdē nōlēbat, sed ille stābat eam spectāns. Atalanta satis patientiae nōn habuit. Tōta patientia sua exhausta erat.

"Quid vīs?" Atalanta tandem rogāvit.

Iāsus rīsit. Superbus eī dēmōnstrāvit iuvenēs quī ad initium cursūs advēnērunt et quī adhūc adveniēbant ut cum fīliā rēgis competerent et eam vincerent. Dīxit, "Fīlia, spectā omnēs iuvenēs et virōs quī dūcere tē uxōrem volunt. Quam fortēs et pulchrī sunt illī! Quis tē dēlectat?"

Atalanta eōs nōn spectāvit, sed respondit, "Nēmō. Stultī sunt—et moritūrī sunt."

Pater iuvenēs spectāvit, vexātus ā fīliā. Dīxit, "Nōn moritūrī sunt. Iuvenēs sunt—bonī iuvenēs ex familiīs nōbilibus. Putā, fīlia, quantum auxiliī nōbīs offerre possunt! Commercia, amīcōs in bellō, et pecūniam offerre

Capitulum V

nōbīs possunt! Tē ductā multa beneficia habēre poterimus!"

Oculīs furōre ārdentibus, Atalanta patrem spectāvit, et respondit, "Minimē, pater—tū multa beneficia habēre poteris. Ego, nūllum. Haec enim patria mea nōn est, et sī mē dūcī uxōrem ab istīs stultīs vīs—sī tū mē iubēs—ego ipsa omnia quae habēre vīs perdam. Tū quoque nūllum habēbis."

Iāsus attonitus erat, et cōnfūsus fīliam suam spectāvit. Dīxit, "Tū vērum nōn dīcis."

Atalanta īrātissima respondit, **spuēns**30 in pedem patris, "Nōlī huius factī oblīvīscī, pater benigne et amāte."

Iāsus attonitus vīsus est velut sī Atalanta eum pepulisset. Atalanta īrā fortī ārdēbat velut sōl. Atalanta scīvit nec sē nec īram suam ab Iāsō intellegī. Multī patrēs fīliās suās relīquērunt, sed Atalanta adhūc vīvēbat—etiamsī Iāsus eam vīvere nōluerat, etiamsī ipse eam in silvā relīquerat. Atalanta scīvit sē esse captīvam, et nihil agere poterat nisi quam celerrimē currere. Etiamsī Atalanta victōriam in cursū merēret, scīvit sē adhūc captīvam futūram esse... sed quid plūs agere posset? Nōluit uxor esse, et aliquid agendum erat. Itaque, currere quam celerrimē necesse eī erat.

Atalanta dīxit, "Omnēs iuvenēs quōs vidēs et admīrāris, omnēs ego ipsa interficiam quia in hōc cursū eōs vincam. Iuvenibus ex familiīs nōbilibus interfectīs, **unde**31 commercia, amīcī in bellō, et pecūnia tibi veniant?"

Iāsus Atalantam īnspexit, sed illam hērōīnam, dē quā multum audīverat, adhūc nōn vidēbat, sed tantum parvam, vexātam virginem quae virum requīrēbat, etiamsī

---

30 Spitting
31 From where, whence

eam et īram eius timēre coeperat. Atalanta autem scīvit eum coepisse ipsam timēre, et in hōc plūs fortitūdinis invēnit.

Iāsus tandem dīxit, "Deus ipse iuvenēs fortēs iuvat."

Atalanta oculōs suōs **volvit**,[32] et cūstōdem ferentem arcum et pharetram cum sagittīs vīdit. Gāvīsa est et eum patrī dēmōnstrāvit, "Et haec est lēx certāminis. Ille cūstōs tenet quae ego victrīx requīrō in fine cursūs—nisi finem nunc faciāmus et dīcās mē nūllum marītum requīrere."

Atalanta vultum Īasī īnspexit. Atalanta illam cōnfidentiam tardē mūtantem in novum et cōnfūsum terrōrem in oculīs eius vidēre poterat. Spērāvit Iāsum ipsam audīre... sed nōn crēdidit Iāsum cōnsilium eius intellegere. Pater eius commercium voluit, itaque certāmen futūrum esset.

Iāsus respondit, "Hoc dīcere nōn possum."

Atalanta rogāvit, "Itaque, iubēs mē currere. Iubēs mē interficere omnēs quōs vincam sub lēge certāminis."

Iāsus nōn respondit, sed ad cūstōdem cum eius pharetrā plēnā sagittārum sē vertit. Ad sagittās īnspiciendās īvit, capiēns ūnam ē pharetrā quam cūstōs tenuit. "Hae sagittae bene factae sunt, fīlia. Fac mē certiōrem dē nōmine illīus venātōris quī eās fēcerit. Ego eāsdem velim."

Atalanta nescīvit utrum aliquid benignum an inhūmanum Iāsus dīcere vellet. Multī erant quī putārent eam sagittās suās facere nōn posse. Cum furōre saevā rīsit.

Atalanta respondit, "Ego hās fēcī ut animālia vēnārer. Ipsa volō illīs sagittīs animālia interficere, sed sī illa optiō mihi nōn dabitur, virōs vēnābor."

---

[32] Rolled

Capitulum V

Iāsus tam attonitus erat ut respondēre nōn posset, sed sagittam in pharetram celeriter reposuit. Sē vertit ab Atalantā et eam in cursūs initiō iterum relīquit, quam celerrimē, ut locum spectandī cursum in turbā caperet. Postquam pater discesserat, omnēs iuvenēs et virī ad Atalantam vēnērunt ut eam et corpus eius īnspicerent.

Ūnus virōrum ad eam ambulāvit, corpus eius ubīque īnspiciēns. Atalanta magnā īrā affecta est. Nōn erat animal īnspiciendum. Vir rīdēns crūra Atalantae spectāvit. Ille prīmum ad initium cursūs īvit, clāmāns aliīs, "Ō, puerī, ego ipse celerius vōbīs curram." Iste vir numquam aliquid Atalantae dīxit.

"Tū," susurrāvit Atalanta, "erit prīmus vir quem sagittā meā ego interficiam postquam in certāmine nostrō cucurrerō."

Vir autem eam nōn timuit—rīsit, et exspectāns in initiō cursūs stetit. Atalanta scīvit virum nōn putāre sē parem esse eī. Aliī virī quoque inter sē rīsērunt.

"Ō, puellula, tū putās tē cursūram esse celerius nōbīs! Quam pulchrum! Vidēris mihi similis parvula catta īrāta in aquā submersa! Vīsne piscem? Aut bāsia? Sī caput tibi tangam, **murmurēs**?"[33] iuvenis rīdēns exclāmāvit.

Antequam Atalanta respondēre posset, alius iuvenis crūra eius spectāns, dīxit, "Quam parva pulchra uxor tū eris!"

Atalanta sē vertit ut eum vidēret, sed alius vir rīsit, "Omnēs fēminae oboedentiam habēre possunt, etiam tū. Tū magistrum bonum tantum requīris."

Atalanta nōn movēbātur, sed in illō locō stetit. Manūs in **pugnōs**[34] fēcit.

---

[33] Would you purr
[34] Fists

Alius rīdēns rogāvit, "Et quid fiet cum nōs omnēs eam in cursū vincēmus? Eritne uxor omnium? Ego eam prīmum volō."

Omnēs rīsērunt, sed Atalanta īrā tremula erat velut magna arbor ā ventō maximō mōta rāmulīs frangentibus et truncō ululante. Cor in sē sentiēbat velut sī in illō certāmine iam cucurrisset, et difficile erat spīrāre velut exanimāta cursū. Atalanta putāvit furōrem suam posse **ērumpere**[35] ē corpore et statim interficere omnēs velut mōns vulcānus ipse ārdentēs ignēs contrā tōtam urbem iaceret. Atalanta cōnāta est spīrāre, cōgitāns dē certāmine, dē ventō in ōre suō.

Ūnus virōrum tum exclāmāvit, "Prīmus victor eam prīmum capiat! Post illum secundus eam teneat."

Iuvenis rīdēns exclāmāns, "Et usque ad fīnem!"

Atalanta maximā cum furōre nihil dīxit. Cōgitāvit dē Daphnē quae fierī arborem voluerat. Arborēs in ventō saltāre poterant, sed Atalanta arborem fierī nōluit. Nōluit in eōdem locō esse. Atalanta currēns fieret ventus ipse. Nōnne Atalanta ipsa fortis erat? Ut Iāsus dīxerat, deī et deae eam iuvāre poterant, et Atalanta fortior multīs erat quōs deī iam iūvāvissent.

Atalanta ad initium cursūs passibus gravibus et firmīs ambulāvit. Sēnsit omnēs oculōs virōrum et iuvenum sē spectāre, praesertim crūra sua. Vōcem susurrantem *celerius fātō* audīvit, et horruit. Nēmō currere celerius fātō poterat, sed fāta istōrum virōrum mors erat. Omnēs iuvenēs et virī ad initium cursūs tum vēnērunt, ad mortem.

---

[35] To erupt

Capitulum V

Virōs nōn spectāns Atalanta illum cūstōdem arcum tenentem et sagittās dēmōnstrāns omnibus dīxit, "Postquam istum certāmen, vōs sagittīs meīs interficiam."

Omnēs rīdentēs eī nōn crēdēbant. Ūnus competītōrum, autem, nōn rīsit. Ūnus cōnfūsus spectāvit inter Atalantam et custōdem arcum et sagittās tenentem; fortasse dē lēge certāminis nescīverat. Alius vir autem respondit, "Ego putō tē nescīre arcū ūtī. Fāmae dē tē vērae certē nōn sunt. Rūmōrēs tantum sunt. Tū enim tantum virgō es. Ego sine dubiō hērōīnam nōn videō."

Multī rīsērunt. Nēmō valdē timēbat. Atalanta eīs dēmōnstrātūra esset quid ista parva puellula agere posset.

Iāsus ex altā sellā rēgālī in turbā populī clāmāvit, "Prīmus competītor victor erit, et fīliam meam uxōrem dūcet. Illa est fīlia rēgis, amāta ab deā Diānā, et pulcherrima quoque. Quam fortūnātus erit ille victor!"

Omnēs ubīque celebrāvērunt, nisi Atalanta quae frontem contrāxit. Iāsus fīliam suam breviter spectāvit. Iāsus competītōribus cūstōdem dēmōnstrāvit quī arcum et sagittās tenuit. Addidit, "Et vōs omnēs scītis quid fīlia mea putet sē āctūram esse sī victrīx sit. Ego autem **generum**[36] et amīcōs volō. Itaque, currite celerius eā, quaesō, aut ipsa contrā vōs sagittās mittat."

Illī competītōrēs clāmāvērunt et rīsērunt, studiōsī currendī et uxōrem dūcendī. Illī in turbā quoque clāmāvērunt et celebrāvērunt quia certāmen vidēre valdē voluērunt quod iam clārum factum erat. Nōn crēdēbant virginem victūram esse tantōs virōs et iuvenēs fortēs. Atalanta tamen omnibus dēmōnstrātūra esset sē currere celerius et fortius.

Iāsus exclāmāvit, "Itaque fiat!"

Omnēs currere statim coepērunt. Ipsa, certē, celerius.

---

[36] Son-in-law

Capitulum VI

Hippomenēs, Ācer Oculō, *Tempōre Vēnātiōnis*

"Arcum quoque laevā tenēbat." Ovidius, *Metamorphōsēs*, 8.321.

Sōle super terram surgente, Atalanta prope silvam stābat, illam īnspiciēns ut in obscūritātem eius plūra vidēret. Avēs in lūce sōlis canēbant, et ventus tranquillus erat. Atalanta prīma erat quae surrēxerat et ad silvam ambulāverat, sed Hippomenēs secundus erat. Eam prope silvam invēnerat, et ipsa illum advenientem animadvertit. Atalantam arcum et sagittās in pharetrā suā tenuit; vultus eius gravis erat. Vēnārī parāta erat.

Hippomenēs dīxit, paene susurrātiōne, "Salve, Atalanta." Vēnātiō mox inceptūra erat, et facere multum sonī nōluit.

Atalanta eum īnspexit, oculīs intēnsīs et cūriōsīs. Susurrātiōne rogāvit, "Quis es tū?"

Hippomenēs ērubuit putāns eam oblītam esse, sed respondit, "Nōs cum Meleagrō heri cēnāvimus. Tenēsne memoriā?"

Atalanta rīsit et susurrāvit, "Ego tenēre memoriā certē possum, sed fortasse Iāsōn et Argonautae nōn possint... vīsne mē eōs rogāre?"

Hippomenēs quoque rīsit. Susurrāvit, "**Ēbriī**[37] certē erant."

Atalanta dīxit, "Iāsōn nōn bene saltat etiamsī sōbrius est."

Hippomenēs rīdēns rogāvit, "**Quotiēs**[38] tū Iāsonem saltantem vīdistī?"

Atalanta nōn statim respondit, sed eum magnā cum cūrā īnspexit. Hippomenēs quoque arcum et sagittās habuit. Hippomenēs Atalantam cōgitāre sēnsit, sed nescīvit quid ea cōgitāret. Hippomenae vidēbātur Atalanta cor ipsum eī īnspicere, omnia quae Hippomenēs fuerat, erat, et futūrus esset. Hippomenēs nōn spīrāvit. Ventus arborēs fortius movēbat velut sī arborēs cum ventō saltārent. Ille stetit, et exspectāvit; Atalantae ad vultum intēnsum et cūriōsum diū nōn poterat revenīre. Itaque caelum spectāvit.

Atalanta tandem dīxit, "**Quotiēs**? Saepe illud vīdī—nimium, vērō... sed nōmen tibi adhūc ignōtum mihi est."

Hippomenēs Atalantam iterum spectāns celeriter respondit, "Nōmen autem tibi omnibus nōtum est. Clāra es."

Ventus tacuit, itaque omnia tacita in silvā facta sunt. Atalanta rīsit et aliquid dīcere coepit, sed subitō, Meleager ad eōs ambulāvit, exclāmāns, "Salvēte! Vōs iam surrēxistis! Iāsōn, Argonautae, et aliī hērōēs et virī iam veniunt. Estisne parātī?"

Atalanta et Hippomenēs Meleagrum exclāmantem spectāvērunt, clāmōre eius attonitī. Meleager magnam hastam tenuit et cum studiō silvam spectāvit.

Atalanta vexāta dīxit, "Nē clāmēs."

Meleager cōnfūsus erat et rogāvit, "Quid?"

---

[37] Drunk
[38] How many times

Capitulum VI

Hippomenēs cōnfūsus Meleagrum īnspexit. Cum iuvenēs fuissent, antequam alia vēnātiō coeperat Meleager prope silvam numquam clāmāverat. Omnia cum cūrā ēgerat. Meleager mūtātus erat, Hippomenēs quoque. Vīta ipsa semper mūtābātur.

Hippomenēs rogāvit, "Vīsne aprum animadvertere nōs eum vēnārī? Nē clāmēs, amīce."

Meleager terram spectāvit. Nōn respondit. Atalanta silvam iterum īnspexit. Silva nōn iam tacita erat; Hippomenēs audīre aliquid in silvā poterat. Eratne aper aut aliud animal? Quidquid hoc esset, magnum certē erat. Hippomenēs Atalantam spectāvit quae frontem contrāxit et silvam īnspiciēbat. Hippomenēs scīvit Atalantam quoque aliquid audīvisse. Atalanta vexāta Meleagrum spectāvit.

"Sumus parātī. Quandō incipere vīs?" Atalanta susurrāns rogāvit. Sagittās in pharetrā suā cum studiō tetigit.

Meleager silvam spectāvit, et ventus arborēs rāmīs saltantibus iterum movēbat. Sōle surgente in caelum, omnia folia in rāmīs arborum micābant velut gemmae viridēs in lūce sōlis micārent.

Meleager—nec cum susurrātiōne, nec cum exclāmātiōne—respondit, "Aliōs virōs requīrimus quī iam veniunt. Tūtum nōn est. Aper enim horribilis est, et multum auxilium requīrimus."

Atalanta respīrāvit, sed nōn respondit. Hippomenēs quoque vexātus est. Nescīvit cūr virī dubitārent, sed incipere vēnātiōnem mox dēbuērunt antequam aper propter sōlem fortem sē cēlāvit. Meleager propior Atalantam accessit.

"Quam pulcher est arcus tuus, quam pulchrae sagittae. Putāsne tē posse pellere aprum tuīs sagittīs?" Meleager rogāvit.

Atalanta ā Meleagrō statim sē vertit ut magnam arborem cum foliīs micantibus īnspiceret. Hippomenēs Meleagrum pellere voluit. Quam stultus erat. Hippomenēs nescīvit an ille vellet eam offendere, sed sī hoc nōluit, hoc iam ēgerat. Hippomenēs Meleagrum cum vexātiōne spectāvit. Meleager, autem, tantum rīsit et manum sustulit velut sī dīxisset, *exspectā*. Atalanta nihil dīxit.

Hippomenēs caput sibi tetigit et respīrāvit. Scīvit Atalantam Meleagrum dēlectāre, sed nōn putāvit Meleagrum scīre cum hērōīnā loquī—nec tantum aliquā fēminā. Spērāvit sē locūtum esse melius Meleagrō quī eam iam offenderat, sed ipse quoque incertus erat quōmodo loquī bene cum Atalantā dēbēret. Eam admīrātus est.

Atalanta tandem respondit, "Ipsa aliōs aprōs arcū meō interfēcī. **Quidnī**[39] hunc aprum?"

Meleager ad Atalantam quae rigida vidēbātur ambulāvit; tum sagittās Atalantae in pharetrā eius tetigit, "Quis sagittās tuās fēcit? Bonae factae sunt."

Atalanta iterum sē vertit, celerrimē, et dīxit, "Nōlī tangere mē nec sagittās meās. Ego. Ego ipsa hās fēcī. Aliōs hērōēs aut vēnātōrēs dē hōc rogābis?"

Meleager attonitus **retrōrsum**[40] ad Hippomenēn ambulāvit, caput sibi tangēns. Respondit, "Putāvī..."

Atalanta, oculīs micantibus velut nocte ignēs ārdentēs, dīxit, "Nōn putāvistī—aut, melius, putāvistī mē tantum esse virginem. Ego quoque sum Argonaūta, et ego quoque hērōīna sum. Nē pūtēs mē esse tantum virginem stultam sine experientiā—aut errōrem committēs. Ego interficere aprum tam bene quam aliī hērōēs possum, multō melius aliquō vēnātōre."

---

[39] Why not
[40] Backwards

Capitulum VI

Meleager nōn respondit, sed in eōdem locō stābat attonitus, ōs aperiēns et claudēns, nūllo verbō fugiēntī. Silentium grave inter omnēs erat. Hippomenēs facere offēnsum mollius et iuvāre et Meleagrum et Atalantam voluit. Dīxit, "Vēnātōrēs sagittās suās faciunt, ut vērō scīs, et Atalanta optimē vēnātur."

Atalanta propior ad silvam et ā Meleagrō ambulāvit, adhūc exspectāns aliōs virōs advenīre. Nec Hippomenēn nec Meleagrum spectāvit, sed īnspicere sagittās suās coepit.

Meleager ad Hippomenēn īvit, susurrāns, "Quid agam?"

Hippomenēs breviter Atalantam stantem sōlam prope silvam spectāvit. Nōluit Atalantam amārī ā Meleagrō, sed Meleager eam certē voluit. Hippomenēs agere et dīcere voluit quod rēctum est; tantum nescīvit quid esset. Respīrāvit. Respondit, "Prīmum, nōlī esse stultus. Eam valdē offendistī. Atalanta pār est nōbīs."

Meleager eam spectāvit et rogāvit, "Pār?"

Hippomenēs tergum Meleagrō pepulit. Susurrāvit, "Ut putō, melior."

Meleager Atalantam accessit quae sagittās īnspiciendī fīnem fēcit ut eum spectāret. Atalanta sagittās suās in pharetram posuit. Nihil dīxit.

Meleager dīxit, "Mē paenitet, Atalanta. Fuī stultus. Nōn bene putāvī antequam locūtus sum—itaque peius locūtus sum."

Atalanta nōn respondit quia subitō et magnō cum clāmōre omnēs hērōēs et virī ad silvam tandem advēnērunt, sed nōn omnēs parātī sunt. Nōnnūllī virī hastārum aut arcuum suōrum oblītī sunt, et necesse erat eīs captum eōs ut venārentur. Multī virī hastās habēbant, sed nōnnūllī, ut Atalanta et Hippomenēs, arcūs et sagittās in pharetrīs tenēbant. In magnā grege stābant et dē aprō horribilī vōcibus altīs exclāmābant.

Hippomenēs et Atalanta inter sē spectāvērunt. Hippomenēs eam cōgitantem *ne clāmētis* audīre paene poterat. Atalantam eādem vexātiōne rīsit. Etiam hērōes et filiī deōrum stultī esse poterant. Sī aper adesset, certē scīvit omnēs eum vēnātūrōs esse.

Meleager, autem, erat ille quī vōce filiī rēgis dīxit, "Nē clāmētis, virī. Vēnīmus hūc ad vēnandum horribilem aprum missum ā deā Diānā. Dea Diāna īrāta est quia deae sacrificiōrum oblītī sumus. Multa sacrificia deae fēcimus, et cum aprum interfēcerimus, plūs dabimus. Haec vēnātiō perīculōsa erit—et iam fuit. Multī iam mortuī sunt. Itaque rogāvimus ut omnēs hērōēs—et hērōīnae—hūc venīrent ut nōs iuvārent."

Ūnus virōrum Atalantam hastā dēmōnstrāvit exclāmāns, "Cūr cum illā virgine nōs vēnābimur? Sine dubiō, pellere aprum illō arcū nōn potest! Rogāvistī ut magnī hērōēs venīrent, sed illa parva puella vēnit. Quid est hoc?"

Nōnnūllī virī exclāmāvērunt. Putāvērunt virginem cum hērōibus vēnārī nōn dēbēre. Hippomenēs frontem contrāxit.

Ille vir etiam dīxit, "Nōn decet! Quid puella aget cum virī adsunt?"

Hippomenēs dīcere aliquid voluit, sed Meleager rēgis fīlius in hāc patriā erat. Hippomenēs nēmō istīs virīs erat. Ille rogāverat ut omnēs hūc venīrent. Necesse eī erat respondēre. Hippomenēs Atalantam quae silvam adhūc īnspiciēbat spectāvit. Illa nihil ēgit, tantum tenēns arcum laevā manū **illīc**[41] stābat. Vidēbātur impatiēns. **Quotiēs**[42]

---

[41] In that place
[42] How many times

Capitulum VI

Atalanta istud argūmentum iam audīverat? Hippomenēs nescīvit, sed crēdidit eam hoc nimium iam audīvisse.

Meleager altius stetit, hastam tenēns et omnēs virōs singulōs īnspexit. Fortī et rēgālī vōce rēgis respondit, "Ut dīxī, nē clāmētis. Rogāvī ut omnēs hērōēs venīrent quia aper interficiendus est, et sōlī hoc agere nōn possumus. Ego sōlus hoc agere nōn possum etiamsī vēnārī optimē possum, etiamsī fīlius rēgis sum, etiamsī fīlius deī essem. Cum nāvem Iāsonis vīdī, gāvīsus sum. Quam fortēs sunt Iāsōn et Argonautae, illī hērōēs quī **vellus aureum**[43] cēpērunt et quī multās regiōnēs explōrāvērunt. Et, sīc, illa hērōīna Atalanta cum illīs clārissimīs virīs vēnit quia Argonauta quoque est. Iāsōn et omnēs Argonautae vēnērunt ut aprum interficerent, itaque ego ipse gaudeō. Magnō auxiliō nōbīs sunt."

Nōnnūllī virī rīsērunt, et Iāsōn rīdēns omnēs salūtāvit. Ille superbē dīxit, "Ego ipse vēnī ut aprum interficiam et caput aprī in illā Argō pōnam!"

Iāsōn cum hastā suā stetit, et omnēs eum admīrātī sunt. Vir quī Atalantam vēnārī nōluit nihil dīxit. Nēmō voluit dīcere contrā Iāsonem nec contrā Meleagrum. Omnēs parātī sunt, et omnēs virī volēbant esse prīmus vir quī aprum vulnerāret et tum interficeret.

Nūllus ventus arborēs et folia iam movēbant; omnia tacita erant. Vēnātōrēs prope silvam stābant, tangentēs hastās et arcūs, et silvam spectantēs, cum studiō aprum interficiendī et glōriam capiendī. Meleager silvam omnibus dēmōnstrāvit, et susurrāvit, "Vēnēmur." Omnēs autem eum audīvērunt et ad silvam īre coepērunt. Cum silentiō illī virī movēre tandem coepērunt, parātī ad vēnāndum, parātī ad interficiendum, et parātī ad moriendum, nescientēs quāle fātum eōs exspectāret.

---

[43] Golden fleece

Meleager propior ad Atalantam ambulāvit, sed Atalanta sōla et prīma in silvam ēvānuit. Omnēs virī eam secūtī sunt.

Capitulum VII

Atalanta, Celeris Pede, *Tempōre Vēnātiōnis*

"Passū volat ālite virgō." Ovidius, *Metamorphōsēs*, 10.587.

Atalanta currere coepit, audiēns clāmōrem turbae et aliōrum competītōrum. Affecta est tantō furōre ut difficilius esset ut nōn curreret quam celerrimē posset. Sēnsit pedēs suōs pulsāre terram cursūs et nihil praeter sonum turbae audīvit. Omnēs in turbā eam currere celerius ex initiō nōn exspectāverant—aut fortasse putāverant eam numquam cursūram esse celeriter. Atalanta sēnsit multōs in turbā attonitōs esse. Manibus in **pugnōs**[44] factīs, Atalantā īrā celerius cucurrit.

Sōl fortiter lūcēbat, et sūdōrem in tergō iam sēnsit. Accēdēns silvam, clāmōrēs virōrum rīdentium iam audīvit. Celerius cucurrit.

Vir celerior quoque longiōribus passibus cucurrit rogāns, "Quō putās tē īre, puella?"

---

[44] Fists

Capitulum VII

"Nōlīte timēre, iuvenēs," alius exclāmāvit, "illa currere tam celeriter diū nōn potest."

Atalanta, sē nōn vertēns, magnā vōce exclāmāvit ut omnēs—etiam pater suus in turbā—eam audīrent, "Ego vōs dūcō, et putāvistis vōs mē ductūrōs esse. Vōs mē numquam dūcētis! Multō enim celerior pede sum."

"Nē clāmēs, virgō. Cōnservāre pulmōnēs volēs," altus vir exclāmāvit quī difficilius exercitātiōne spīrābat.

"Et quid agēs tū, stulte? Mē capiēs?" Atalanta rogāvit.

Vir vexātiōne celerius cucurrit et salīre cōnātus est ut eam caperet, sed Atalanta sine veniā tantum rīsit et celerius cucurrit dum ille vir collāpsus in terram graviter cecidit.

"Ut putāvī," rīsit Atalanta, "nihil."

Omnibus virīs sequentibus, Atalanta in silvam intrāvit.

In silvā, lūx mollis erat; lūx per folia arborum micābat. Breviter, Atalanta tranquillitātem silvae sēnsit et cum gaudiō respīrāvit. Folia et arborēs et terram ipsam olfēcit, et ventus mollis odōrem dulcem arboris plēnī pōmōrum ferēbat. Atalanta flūmen fluēns super saxa et avēs canentēs audīvit. Tōtum corpus hanc lībertātem cognōvit et cum gaudiō serēnō sē relaxāvit. Hīc inter **parietēs**[45] arborum in silvā dēnsā lībertās eius erat, domus eius vēra. Capta in cubiculō suō Atalanta hanc lībertātem currendī per silvam valdē dēsīderāverat. Crūra sibi extendit, et paene volāre coepit.

Brevius quam spērāverat tranquillitās silvae et animae eius clāmōre virōrum perdita est.

---

[45] Walls

"Quam pulchrum! Puellula putat sē posse currere!" vir intrāns silvam exclāmāvit.

Atalanta pedēs pulsantēs terram audīvit. In cursū Atalanta ad flūmen advēnit in quō lūx in aquā clārā quasi saltābat. Atalanta trāns flūmen salīvit et currere iterum coepit. Propiōrēs quam spērāverat, Atalanta sonōs aliōrum virōrum per flūmen currentium et aliōrum virōrum super id salientium audīvit.

Crūra Atalantae ārdēbant velut ignēs per vēnās eius currēbant. Atalanta in cubiculō suō tantum temporis ēgerat ut mūsculī ipsī molliōrēs factī erant. Atalanta semper fortis et celeris fuerat et adhūc erat, sed illae hōrae et diēs captīvitātis sine fine eam et mūsculōs eius mūtāverant. Eratne hoc cōnsilium patris? Ut fīliam sine exercitātiōne et sine vēnātiōne mūtāret ut Atalanta uxor bona fieret? Atalanta illās horribilēs stolās nōn gesserat—eās laniāverat—sed pater tamen eam mūtāverat.

Fingēns in mente vōcēs illīus somniī susurrantēs *celerius fātō* Atalanta magnō cum terrōre afficī coepit. Timēbat nē quis horrificus vir eam uxōrem ductūrus esset. Timēre coepit nē fierī posset ut vir vinceret in certāmine. Pulmōnēs eī dolēbant velut in illīs aliquis eam cultrō pepulisset. Spīrāns celerius Atalanta dubitāre coepit, et passibus gravibus, eius crūra quoque dubitāvērunt.

Subitō, vir brācchium Atalantae cēpit, exclāmāns, "Mea es!"

Distracta et territa, Atalanta tardius cucurrerat et eum accēdentem nōn audīverat. Atalanta terrōre salīvit; ipsa tamen eum ferōcī fortitūdine pepulit exclāmāns, "Nōlī mē tangere!" Vir praeceps in truncum arboris īvit, ad terram cadēns, immōbilis. Collum eī curvātum, paene frāctum,

Capitulum VII

vidēbātur. Omnēs mūsculī in collō Atalantae restrictī factī sunt. Nescīvit an ille mortuus esset. Atalanta hominem numquam interfēcerat.

Alius vir ad virum iacentem in terrā cucurrit ut eum iuvāret. Multī virī et iuvenēs īrātī exclāmāvērunt, sed Atalanta eōs audīre nōn poterat. Quam celerrimē currere et fugere voluit.

Atalanta exclāmāre cōnāta est, sed vōx eī **rauca**[46] audiēbātur. Atalanta fortitūdinem suam petēbat. Ubī erat illa celeris hērōīna quae Calydōniam aprum vēnāta erat? Atalanta nescīvit, sed aliquid tamen in animā suā invēnit. Magnā vōce tandem exclāmāvit, "Ego nūllī sum!"

Atalanta iterum quam celerrimē ex magnā īrā et maiōre terrōre currere coepit. Crūra eius ārdēbant, sed virī exclāmantēs eam adhūc sequēbantur. Atalanta quōmodo **cerva**[47] sōla et petīta ā vēnātōribus clāmantibus sentīret iam intellēxit. Atalanta paene audīre canēs **lātrantēs**[48] in mente suā poterat. Sūdōrem in tergō suō sēnsit, sed celerius et celerius cucurrit. Praeceps ipsa currēbat dum pulmōnēs sine āere dolēbant, crūra ārdēbant, dolor velut vulnus in abdōmine pulsābat. Sed tamen cucurrit. Celerius. Currere celerius fātō necesse eī erat.

Atalanta sub umbrā arborum in silvā currēbat, sed eī nōn erat cūrae. Sūdor ubīque in corpore eius erat. Tunica eius tōta madida erat. Atalanta omnēs competītōrēs adhūc dūcēbat, sed Atalanta nescīvit an currere celerius posset. Tōtus corpus iam ārdēbat. Atalanta sē iacere in terram et

---

[46] Hoarse
[47] Doe
[48] Barking

flēre voluit, sed nōn potuit. Cucurrit, pulmōnibus dolentibus et lacrimīs in oculīs suīs collēctīs.

Atalanta arborem vīdit, et illa imāgō Daphnes iterum in mentem vēnit. Atalanta numquam petīret ut arbor fieret. Nec uxor nec arbor esset, tantum Atalanta.

Atalanta fīnem silvae vīdit et animadvertit sē accēdere fīnem cursūs. Sē vertit ut breviter aliōs vidēre melius posset. Aliī adhūc prope eam currēbant—nōnnūllī istōrum virōrum ānxiī vidēbantur—et aliī certē terrōre affectī sunt quia per silvam ab Atalantā et fīne cursūs fugiēbant. Scīvērunt sē vincere eam nōn posse et eam interfectūram esse omnēs. Itaque fugiēbant. Atalanta voluit ut plūs virōrum fugerent.

Atalanta sēnsit crūra sua esse tremula et sine fortitūdine. Multīs septimānīs sine exercitātiōne āctīs, nesciēbat an tenēret satis fortitūdinis ut omnēs virī quī eam adhūc sequēbantur interficeret. Atalanta nōn putāverat mūsculōs in collō sibi restrictiōrēs esse poterant, sed erant. Illud cubiculum et pater eī odiō erant, et competītōrēs quoque. Atalanta furōre iterum affecta est. Ipsa sē dēfēnsūra esset, sed multō melius esset sī multī virī per silvam ab Atalantā fugitūrī essent.

Cum tōtā fortitūdine quae in corpore et vōce raucā adhūc erat, Atalanta exclāmāvit, "Fugitē, stultī, et vōs nōn interficiam! Sed sī vōs invēnerō in fīne cursūs, sine veniā omnēs interficiam. Sanguis vester in terrā fluet. Mātrēs vestrae vōs nōn flēbunt. Patrēs vestrī dolōre nōn afficientur. Vōs pudōrī familiae vestrae eritis quia parvula virgō vōs vīctūra est et interfectūra est. Fugitē, sī prūdentiam habeātis."

Capitulum VII

Pulmōnēs doluērunt, et collum quoque eī doluit. Vōx Atalantae multum dolēbat et erat tam rauca ut nescīret an loquī posset. Atalanta aliōs sē vertentēs ut in silvam ā fīne cursūs fugerent sed aliōs celerius currentēs vīdit. Multī, autem, competītōrēs adhūc in certāmine currēbant. Omnēs quī adhūc eam sequēbantur oculōs fīxōs tenēbant velut canēs rabidī cervam magnā cum īrā sed sine prūdentiā in rem perīculōsam sequerentur. Atalanta vīderat canem sine cōgitātiōne **cervam**[49] sequentem quī illam **cervam** sequēns dē monte salīverat et numquam revēnerat. In monte mortuus erat, sed illa **cerva** vīxerat quae tōtam vītam currēns et saliēns per illōs montēs ēgerat.

"Diāna," Atalanta vōce raucā susurrāre coepit, pulmōnibus dolentibus, sed fīnem facere nōn poterat. Atalanta quam celerrimē currēbat praeceps, et passūs eius in terrā paene volābant velut sī Atalanta ipsa avis facta esset. Atalanta ad fīnem cursūs cucurrit, et prīma advēnit graviter spīrāns sīcut piscis in terrā ex aquā spīrāre cōnātus esset. Tōtā exanimāta cursū erat.

Omnēs in turbā, praesertim pater eius, attonitī erant. Atalantam madidam sūdōre spectābant cum aliī competītōrēs quī nōn fūgerant quoque advēnērunt. Nēmō locūtus est. Atalanta eōs cum contemptiōne īrāta spectāvit.

Atalanta, saevā cum īrā et cum dēfatīgātiōne, ad illum cūstōdem arcum suum adhūc tenentem ambulāvit. Omnēs sonum passuum Atalantae in terrā tantum audīvērunt. Gravēs erant. Ille cūstōs quī putāverat eam vincere nōn

---

[49] Doe

posse attonitus eam spectāvit. In silentiō ante omnēs Atalanta saeva arcum et pharetram plēnam sagittārum cēpit, et ille **retrōrsum**[50] fūgit. Virī inter sē spectāvērunt. Nōn crēdidērunt sē nōn vīcisse eam. Nōn crēdidērunt sē nōn ductūrōs esse Atalantam uxōrem, adhūc nōn crēdentēs Atalantam interfectūram esse omnēs.

Atalanta sē vertit ut virōs ūnā stantēs incertōs īnspiceret. Atalanta sagittam ē pharetrā cēpit et arcum tetendit virōs singulōs īnspiciēns.

Vōce raucā et saevā Atalanta eōs rogāvit, "Quis prīmus moriētur?"

Omnēs in turbā attonitiōrēs erant, et susurrāre coepērunt. Competītōrēs inter sē spectāvērunt, et ūnus eōrum silvam spectāvit quia fortasse tūtus in illō locō esset. Atalanta scīvit nēminem crēdisse Atalantam victūram esse eōs, et eōs interfectūram esse. Illī territī virī, autem, eam iam timēbant, furōre in vultū virginis micante. Illī iam scīvērunt eam quoque potestātem tenēre posse.

Pater surgēns ex attonitā turbā et ad eam currēns exclāmāvit, "Exspectā, Atalanta!"

Atalanta exclāmāvit, "Et quid dīcerēs sī ego ipsa victa essem? Nōnne iamiam dūcerer uxor? Sī ego in genibus meīs essem exclāmāns *exspectā*, amāte pater, tū nōn mē exspectārēs. Tū mihi veniam numquam dedistī—nec mihi eam nunc darēs!"

"Sed, fīlia... nē eōs interficiās. Quod crīmen fēcerunt nisi tē uxōrem dūcere voluissent?" Iāsus rogāvit.

Atalanta cōgitābat dē omnibus quae illī virī sibi dīxerant. In līneā sagittae oculīs intentīs īnspexit virōs iam

---

[50] Backwards

Capitulum VII

territōs. Arcū tensō, Atalanta spīrāre cōnāta est, sed bracchia tremula erant. Crūra illīs virīs īnspexit, et cōgitāvit sē dēbēre sagittās in crūra mittere. In crūra sagittās prīmum mitteret, tum in brācchia, tum in abdōmen. In ōs Atalanta ultimam sagittam tandem mitteret, fortasse per oculum, et Atalanta ipsa—illa uxorula et virgō sine fortitūdine—esset ultima quam umquam vīsūrī essent. Hoc merēbant. Atalanta oculōs suōs clausit ut ōra eōrum nōn vidēret. Nēmō hoc merēbat. Adhūc saeva Atalanta tamen dolōre affecta est.

Iāsus exclāmāvit, "Dā veniam, fīlia!"

Atalanta magnā cum contemptiōne oculōs aperuit, brācchiīs tremulīs, exclāmāvit, "Ego nōn sum fīlia tua."

Ūnus virōrum silvam iterum spectāvit.

Iāsus ad genua cecidit, extendēns brācchia ad Atalantam quam in monte relīquerat ut morīrētur. Dīxit, "Petō nē eōs interficiās!"

Atalanta respondit, "Ubī est venia mea? Quālem veniam mihi dedistī?!"

Iāsus in genibus suīs nōn respondit.

Vōce raucā Atalanta exclāmāvit, "Nūllam! Nūllam veniam mihi dedistī! Itaque nūllam dabō!"

Unus virōrum silvam iterum spectavit.

Atalanta virōs paene horrēscentēs ex terrōre in līneā sagittae in arcū suō vīdit. Brācchium doluit quod arcum tensum tenuit. Tōtum corpus doluit. Atalanta ex furōre et terrōre suō cursum nōn iam vidēre poterat, sed in mente sanguinem fluentem in terrā vīdit et clāmōrēs vēnātiōnis et virōrum morientium et **grunnientem**[51] aprum audīvit.

---

[51] Grunting, squealing; the noise a pig makes

Odor sanguinis ubīque erat. Atalanta vidēre mortuōs laniātōs poterat. Spīrāre nōn poterat. Ille odor sanguinis erat tam fortis ut Atalanta **sapōrem**[52] sanguinis in linguā paene sentīret. Atalanta sonum aprī currendī ad eam audīvit.

Brācchium eī quatiēbat, adhūc tendēns arcum. Eratne adhūc hērōīna? Esset hērōīna sī illōs stultōs interficeret et sanguinem eōrum fluentem in terram mitteret? Tunica sūdōre madida frīgida iam erat, et Atalanta horruit et horruit. Fīnem horrendī facere nōn poterat.

Atalanta turbam spectāvit. Nēmō in turbā movēbātur. Atalanta patrem in genibus spectāvit. Subitō, virum clāmantem audīvit, sed nōn erat aliquis ex virīs moritūrīs quī clāmābat. Nēmō illōrum locūtus erat, sed illī in grege stetērunt tōtī terrōre affectī.

"Atalanta," illa vōx iam mollis dīxit.

Aliquid dē illā vōce Atalantam tetigit, sed nescīvit cūr affecta esset. Atalanta sē vertit ut virum īnspiceret, arcum tandem dēmittēns. Brācchia dolēbant. Brācchia satis fortitūdinis tamen habuērunt ut omnēs interficeret. Sēnsit ignēs in oculīs suīs ārdēre, ignēs quī per tōtum corpus currēbant, et brācchia eius ārdēbant. Atalanta nescīvit an ipsa facta esset ignis. Dēbuitne esse fūmus sī facta erat ignis? Dēfatīgātiōne affecta est. Sedēre voluit. Dormīre voluit.

Ille vir eam cum cūrā et ānxietāte spectāvit, et rogāvit, "Requīrisne aliquid? Aquam?"

Atalanta cōnfūsa tantīs rēbus affecta est ut vidēre virum paene nōn posset. Atalanta illō virō cum

---

[52] Taste

Capitulum VII

dēfatīgātiōne mixtā cum furōre respondit, "Requīrō ut mē explicēs quis sīs tū et cūr mē interrumpās. Virī interficiendī mihi sunt. Lēx certāminis erat."

Vir novus aliōs territōs spectāvit et Iāsum quatientem in genibus spectāvit. Ad oculōs micantēs Atalantae revēnit. Paulum trīstis rīsit, "Āh, tibi nōmen meum numquam dīxī. **Ignōscās**[53] mihi. Dēbuissem. Hippomenēs sum."

---

[53] Forgive

Capitulum VIII

Hippomenēs, Ācer Oculō, *Tempōre Vēnātiōnis*

"Sanguine et igne micant oculī." Ovidius, *Metamorphōsēs*, 8.284.

Postquam Atalanta in silvam intrāverat, omnēs virī eam in silvam secūtī sunt. Hippomenēs in silvā nōn multum vīdit. Sub umbrā arborum, obscūrior in silvā erat, et oculī eius, etiamsī ācrēs erant, paulum temporis requīsīvērunt ut tam bene in silvā vidērent. Vēnārī in silvā eum dēlectābat, sed vēnārī aprum perīculōsum erat, praesertim sī aprum vidēre nōn poterat.

Hippomenēs sonum audīvit, sed sonus erat virī ambulantis quī rāmum arboris pede frēgerat. Multī īrātī spectāvērunt virum quī rāmum arboris frēgerat. Omnēs iam in silvā quiētem cōnservāre volēbant. Hippomenēs animālia in silvā nōn vīdit, nec audīvit. Nūllus ventus arborēs movēbat; omnia tacita erant. Avēs quoque nōn iam canēbant, nec per āerem volābant. Omnēs magnum aprum exspectābant.

Per silvam ambulāvērunt, īnspicientēs terram et arborēs ut signa aprī invenīrent. Dum ambulābant, sōl in

Capitulum VIII

caelum surgēbat; ferōx et saevus in caelō ārdēbat. Hippomenēs sūdōrem in tergō suō sēnsit etiamsī sub umbrā silvae ambulāvit. Incipere vēnātiōnem ante dēbuissent, sed virī tardius advēnerant. Omnēs silvam diū īnspexērunt, cōgitantēs dē aprō interficiendō et glōriā capiendā. Hippomenēs quoque, etiamsī aprum timēbat et deīs nōn crēdēbat, praemium et glōriam voluit, sed praesertim patriam amīcī et omnēs quī in illā vīvēbant iuvāre volēbat.

Hippomenēs erat ille prīmus quī tandem invēnit multa quae aper iam perdiderat. Aper terram ipsam illīs dentibus curvātīs et ferōcibus laniāverat. Arborēs ipsae signa aprī et curvātōrum dentium eius habēbant. Hippomenēs ūnam arborem tetigit. Arbor magna et pulchra erat, sed truncus eius ab aprō horribilī missō ā deā laniātus erat, **coriō**[54] ā truncō pendente et sūcō—illō sanguine arboris—fluente tardius ex vulneribus. Sonum audīvit. In altō rāmō arboris parvam avem tremulam vīdit. Nescīvit cūr illa avis ab arbore nōn volāvisset sī tantō terrōre affecta esset. Quandō ille aper truncum laniāverat?

Hippomenēs aliquem eum spectantem sēnsit, et oculōs micantēs Atalantae in silvā invēnit. Atalanta quoque invēnerat omnia quae aper dentibus curvātīs perdiderat— terram et arborēs. Hippomenēs arborem iterum īnspexit, sed plūs quam illa vulnera et terrōrem quem aper creāverat iam vīdit. Vītam bonam et pulchram vīdit, plēnam. Nescīvit cūr abundantiam nōn prīmum vīdisset.

Inter folia viridia multa pōma aderant, et ubīque sub arbore quoque pōma aderant quae ad terram ceciderant.

---

[54] Bark

Nōnnūlla hōrum pōmōrum in parte ab aprō ēsa erant. Pōma mātūra erant, paene aurea in lūce mollī silvae, et odor pōmōrum fortis erat. Arbor dīvīna vidēbātur, etiamsī truncō vulnerāta esset, apta domus nymphae silvae.

Atalanta ad Hippomenēn sub arbore plēnā pōmōrum mātūrōrum accessit. Truncum et **corium**[55] laniātum ab aprō tetigit, et tum pōma aurea in arbore īnspexit. Bona vidēbantur, et odor eōrum dulcis erat.

Cōgitāns dē pōmīs assātīs quae Atalanta ēderat, Hippomenēs susurrāvit, "Vīsne tū pōmum?"

Atalanta statim rīsit. Cum susurrātiōne respondit, "Quidnī? Pōma mē dēlectant. Haec vēnātiō longa facta est."

Hippomenēs capere pōmum quod in rāmō prope eum erat coepit, sed Atalanta brācchium eius tetigit, aliud in rāmō altiōre dēmōnstrāns dīxit, "Minimē, illud. Vidēsne illud aureum cum **rubōre pūniceō**?[56] Illa sunt mātūrissima, et **sapor**[57] eōrum melior est, dulcior quoque in linguā."

Hippomenēs sēnsit sē ērubēscere. Cum cūriōsitāte Atalanta eum īnspexit, et Hippomenēs oculōs clārōs eius suīs oculīs petīvit, ut aliquid amīcī in illīs invenīret—aut vērō etiam aliquid amōris invenīre voluit, aliquod signum amōris quod fortiter et clārē in oculīs eius micāret. Ānxietāte affectus est quia invenīre amōrem in oculīs eius voluit. Nōn spērāverat Atalantam aliquem dēsīderātūram esse, praesertim Hippomenēn ipsum. Atalanta hērōīna

---

[55] Bark
[56] Reddish blush
[57] Flavor, taste

Capitulum VIII

erat, et sī illa aliquem voluisset, quālis vir negāret? Nōn putāverat eam amārī nec amāre voluisse, sed spērāre iam coepit.

Atalanta quoque oculōs eius requīrēbat, et Hippomenēs nescīvit quid ea in illīs invenīret. Amor cor eius celeriter pulsābat, et ipse audīre sonum cordis in auribus poterat. Silentium inter iuvenem et virginem extendit, et ille nihil diū dīxit. Manus Atalantae adhūc bracchium eius tangēbat, sed illa quoque pōmum aureum dēmōnstrāverat. Vidēbatur velut nūllae hōrae, nihil temporis, essent et captīvī illīus mōmentī essent. Mollis ventus **capillum**[58] trāns faciem cūriōsam et iam cōnfūsam quoque Atalantae mōvit, et Hippomenēs manum extendit ut **capillum** post aurem eī repōneret et ōs tangeret. Manū prope faciem lātā, dubitāvit autem eam tangere, et vōce raucā rogāvit, "Mihi permittās?"

Atalanta frontem contrāxit, et Hippomenēs manum suam remōvit. Atalanta tōta cōnfūsa vīsa est. Coepit aliquid dīcere, sed illa parva avis ex arbore quam celerrimē volāvit. Subitō, quiēs in silvā in clāmōrēs **ērūpit**.[59] Hippomenēs sonum magnī aprī currendī per arborēs audīvit, et clāmōrēs virī exclāmantis, "Aprum! Iam venit!"

Atalanta ab Hippomenē salīvit, statim capiēns sagittam ē pharetrā et tendēns arcum, sed sagittam nōn mīsit. Hippomenēs sē vertit ut vidēret virum quī exclāmāverat contrā aprum iacientem hastam. Ventus, autem, per arborēs subitō surrēxit, et ille ventus erat tam ferōx ut cursus hastae eōdem ventō mūtārētur et illa hasta

---

[58] Hair
[59] Erupted

in terram pellerētur. Aper ad illum timentem cucurrit, et cum illīs dentibus curvātīs et ferōcibus, aper abdōmen virō pepulit. Vir ad terram cecidit, moriēns vīsceribus ex abdōmine fluentibus. Aper **grunnīvit**,[60] et sonus victōriae et gaudiī Hippomenae vidēbātur. Atalanta arcum dēmīsit.

Hippomenēs inter arborēs et aprum et virōs exclāmantēs spectāvit. Aper celer erat, et horribilis vīsū. Oculī aprī ārdēbant ut vulcānī **gemināti**[61] igne et sanguine nocte. Dentēs eius sīcut duo horribilēs cultrī sanguine fluēbant. Ut Meleager dīxerat, Hippomenēs quoque numquam aprum maiōrem vīderat. Multī virī iam exclāmābant, nōnnūllī iubēbant ut aliī hastās contrā aprōs iacerent, sed omnēs quī hastās suās iēcerant terram aut arborēs pepulerant. Nēmō aprum vulnerāverat.

Hippomenēs sagittam ex pharetrā cēpit, tendēns arcum. Locum ubī aper erat et aprum ipsum īnspexit. Arborēs dēnsae erant. Respīrāvit et sagittam in pharetrā iterum posuit. Contrā illum aprum in hōc locō mittere sagittam numquam posset. Inter omnēs clāmōrēs et sonum aprī grunnientis, Hippomenēs petere aptum locum ad arcū melius ūtendum coepit, spectāns oculīs firmīs.

Aper ad Meleagrum cucurrit grunniēns, et Meleager hastam contrā aprum iēcit... sed tantum terram pepulit. Aper quatiēns caput cum illīs dentibus quam celerrimē ad Meleagrum accessit, sed ille in arborem salīvit, capiēns rāmum et sē tollēns in arborem ut ab aprō grunnientī et

---

[60] Grunted, squealed
[61] Twinned, doubled

Capitulum VIII

dentibus ferōcibus fugeret. Tūtus in arbore erat; hasta eius in terrā erat.

Hippomenēs locum spectāvit ex quō melius pellere aprum sagittā posset. Ex illō locō, vidēre aprum facilius esset, et pauciōrēs arborēs in līneā mittendārum sagittārum adessent. Aptus erat. Hippomenēs audīvit sonum horrificum significantem aprum alium virum pepulisse—et sonum ululantis virī quī moriēbātur tardē. Aper celeriter interficiendus erat antequam plūs virōrum interfēcit.

Sē vertēns ad Atalantam, animadvertit eam quoque invenīre cōnārī alium locum ut sagittās contrā aprum melius mitteret.

Hippomenēs eī exclāmāvit, "Atalanta, cōnfer tē mēcum!"

Atalanta sē vertit ut eum spectāret. Hippomenēs dēmōnstrāvit locum ē quō melius sagittās contrā aprum mittere possent. Ad illum locum sub magnā arbore currere coepit. Atalanta locum vīdit et certē scīvit aptum esse quia illūc cucurrit, prīma adveniēns.

Atalanta Hippomenae dīxit, "Ācer oculō es."

Hippomenēs mortuōs et morientēs in terrā silvae spectāvit. Terra madida sanguine eōrum erat. Aper grunnīvit, et ad alium virum cucurrit hūc et illūc quatiēns caput et dentēs ferōcēs. Hippomenēs odōrem sanguinis mixtī cum terrā olfēcit. Sagittam ē pharetrā cēpit; locus optimus erat. Arcum tetendit, et sagittam contrā aprum mīsit. Scīvit sē mīsisse illam bene et rēctē contrā aprum, sed in mediō cursū sagitta curvāta erat velut dea ex āere et cursū eam pepulerat. Sagittam in terrā vīdit. Atalantam capientem sagittam ex pharetrā audīvit, et sē vertit ut eam vidēret.

Atalanta arcum brācchiīs fortibus tetendit, sed dubitāvit, tenēns arcum, tardē spīrāns, oculīs ārdentibus aprum spectāns. Hippomenēs spīrāre nōn poterat. Atalanta vidēbātur dea Diāna ipsa tunicam simplicem gerēns, micāns vultū, vēnātrīx animā et corpore, pulcherrima sed ferōx quoque, aliquis lībera et certa et fīxa. Fortitūdinem in brācchiīs et corpore vīdit, et ille **capillus**[62] cum ventō saltāvit. Velut omnia animālia quae in silvā vīvēbant, domus nātūrālis Atalantae quoque sub arboribus erat.

Atalanta vidēbātur tanta vēra imāgō deae Diānae ut Hippomenēs breviter mīrārētur an Atalanta vēra dea esset. Atalanta prope deam vīvēbat; Hippomenēs animadvertī ā deīs nōluit, sed etiamsī Atalanta Diāna fuisset, eam tamen amāvisset. Eam tamen timuit. Prope deam vīxit.

Atalanta respīrāvit, mittēns ex arcū sagittam quae per āerem quam celerrimē volāvit. Illa lūx dīvīna quam Hippomenēs circum Atalantam et in vultū micantī eius vīderat ēvānuit, et ille sonum nervī et sagittae volantis audīvit. Nōn erat necessitās videndī sagittam— Hippomenēs scīvit sagittam rēctē missam fuisse. Quōmodo illa **virāgō**[63] in aprum sagittam nōn mīsisset? Vultum spectāvit, mūtantem breviter cum aper maximō cum dolōre grunnīvit quia pulsus erat. Sonus sagittae

---

[62] Hair
[63] Female warrior

Capitulum VIII

aprum pellentis magnus et gravis erat, et omnēs eum audīre poterant.

Meleager, adhūc tūtus in sēcūritāte arboris, exclāmāvit, "Atalanta erat prīma quae aprum vulnerāvit! Tū vēnāris velut vir sīs!" Meleager ex arbore salīvit, hastam suam iterum capiēns.

Atalanta cum vexātiōne susurrāvit, "Ego nūllus vir sum." Tantum Hippomenēs eam audīvit.

Aper sanguine ex vulnere fluente grunnīvit. Multī virī ērubuērunt quia virgō aprum prīmum vulnerāverat.

Vir quatiēns hastam suam exclāmāvit, "Ecce mē, et tū vidēbis quōmodo hasta virī melior sagittā virginis sit!"

Vir hastam iēcit, sed arborem prope aprum pepulit. Sonus hastae truncum pellentis magnus erat. Aper statim sē vertit ut virum vidēret quī hastam iēcerat.

Aper grunniēns oculīs magnā cum īrā micantibus ad virum quī hastam iēcerat celerius cucurrit. Vir fugere certō voluit, et ad arborem cucurrit ut rāmō sē tolleret velut Meleager rāmō sē sustulerat. Aper autem celerius virō erat. Aper crūs virō magnō curvātō dente pepulit, et vir ad terram cecidit exclāmāns et crūs suum capiēns. Aper statim sē vertit, et iterum curvātīs dentibus virum pepulit. Sanguis per āerem volāvit. Aper illum multum pellēbat dum vir clāmābat. Sanguis et viscera eius ex dentibus aprō fluēbant, et vir nōn iam clāmāvit. Oculī aprī erant īdem color illīus sanguinis. Ille vir mortuus erat, spectāns illōs oculōs aprī ārdentēs ignibus.

Virō mortuō, aper adhūc illum pellēbat, itaque Meleager ad aprum magnā cum cūrā ambulāvit, tollēns hastam. Subitō, aper eum sēnsit et sē vertit ut ad

Meleagrum curreret. Meleager, autem, hastam iēcit et cor aprī pepulit.

Aper ex furōre grunnīvit et ex terrōre grunnīvit sed ad Meleagrum adhūc currere cōnātus est, quatiēns caput cum dentibus ferōcibus. Oculī mixtī sanguine et igne ārdēbant. Crūra singula ad terram cecidērunt dum aper ipse ad terram caderet. Sanguis ex vulneribus celeriter fluēbat, sed oculī aprī saevissimī adhūc micābant velut ferōx ignis nocte ārdēbat.

Meleager ab aprō morientī refūgit, spectāns aprum velut sī aper stāre et interficere iterum cum fortitūdine dīvīnā datā ā Diānā posset. Omnēs virī Meleagrum accessērunt, sed nēmō propius ad aprum esse volēbat.

Hippomenēs ad aprum nōn ambulāverat, sed spectāvit ex illō locō ubī Atalanta sagittam mīserat ut ignēs in oculīs aprī extīnctī essent. Ignēs in illīs ēvānuērunt, sed oculī nōn clausī sunt. Hippomenēs horruit.

Omnēs in silvā tacitī factī sunt. Atalanta respīrāvit.

Capitulum IX

Atalanta, Celeris Pede, *Tempōre Certāminis*

"Virgō vīsa est dubitāre." Ovidius, *Metamorphōsēs*, 10.676.

Atalanta altum virum quī ante eam stābat sine recognitiōne spectābat, sed oculī eius ācrēs nōn iam erant. Atalanta sēnsit sē vidēre per obscūram cālīginem īrae et cōnfūsiōnis. Dubitāvit utrum illae Fūriae bene vīdēre possent an, velut Atalanta erat, tantīs īrīs fortibus affectae essent ut vidēre nōn iam possent, et saevissimae omnibus poenās darent.

In mente Atalanta fīnxit sē esse Fūriam, sed arcum et sagittās ārdentēs habēret, nōn **fīlum**.[64] Atalanta fīnem vītae alicuius faceret tam facile sagittā quam **fīlō**. Facilius.

Atalanta vidēre illum virum iterum cōnāta est. Ignōtus eī vidēbātur. Ille vir autem putābat Atalantam dēbēre eum cognōscere. Dīxerat nōmen? Atalanta eum nōn audīverat. Eum nōn cognōvit. Atalanta manum quae arcum nōn

---

[64] String.

Capitulum IX

tenēbat in **pugnum**[65] fēcit. Aliquem magnō cum dolōre ululantem audīvit, sed nescīvit utrum vērē audīvisset an in mente audīvisset.

Atalanta cōnfūsa iterum rogāvit, "Sed quis es tū?"

Ille vir Iāsum in genibus iterum spectāvit. Atalanta quoque patrem cum contemptiōne spectāvit. Pater eius magnā cum ānxietāte affectus est. Rēx Iāsus hunc novum virum spectābat velut homō sē submergēns in mare nāvem accēdentem spectāret, spērāns sē futūrum esse tūtum, sed timēns quoque ut nautae eum iuvārent. Atalanta frontem contrāxit. Nōluit istum virum iuvāre rēgem Iāsum. Nihil meruit.

Ille vir Atalantae dīxit, "Bene, ego sum fīlius Amphidamantis, et discipulus centaurī Chīrōnis eram. Atalanta, nōnne mē cognōscis? Nimium temporis nōn erat. Quam prīmum venīre voluī... sed tardē advēnī."

Vir spectāvit inter Atalantam tunicam sudōre madidam gerentem et competītōrēs—adhūc tremulī erant velut arborēs ā ventō mōtae. Atalanta arcum in manū laevā capiēbat cum tantā fortitūdine ut manus eī dolēret.

Vir addidit, "Tardissimē. Mē paenitet."

Atalanta cōnfūsior erat, itaque nihil dīxit. Atalanta crūra virī īnspexit et vīdit crūra alicuius quem dēlectābat currere. Melius vidēre iam poterat, sed adhūc sibi vidēbātur velut per cālīginēs dēnsās spectāre. Mūsculī in crūribus virī fortēs vidēbantur, et celerēs.

Aliquid simile terrōrī eam iam afficiēbat, sed nescīvit cūr illum virum timēret. Atalanta tamen vultum virī vidēre nōluit. Timuit ut vultus eius tam benignus esset quam vōx

---

[65] Fist

eius erat. Timuit nē oculī eius saevī essent. Cor eius celeriter pulsābat velut avis volāret in caveā quae ōlim lībera fuerat, facta īnsāna terrōre, hūc et illūc celerius et celerius.

Timēbatne iam Atalanta omnēs virōs? Ipsa cum Argonautīs nāvigāverat, et nūllōs illōrum virōrum timuerat. Competītōrēs autem timuit, et sine dubiō timuit ut ipsa uxor alicuius fieret. Hunc virum quī hīc stābat prope eam in modum rārum et novum timuit. Terror, autem, cor eius tam fortiter pulsābat ut Atalanta dubitāret an aliī sonum cordis audīre possent. Atalanta nihil adhūc dīxit.

Vir addidit, "Vēnī autem ut tē iuvārem... sī necesse sit. Tū certē victrīx es, et fortasse nōn necesse erat mē venīre." Vir autem eam magnā cum cūrā spectābat. Ille certē putāvit eam iuvārī requīrere.

Atalanta vexāta respondit, "Ego mē dēfendere possum."

Atalantam sēnsit illum īnspicere suum vultum. Vir molliter dīxit, "Hērōīna et vēnātrīx optima es, sed omnēs nōnnumquam auxilium requīrunt, etiam hērōēs et hērōīnae."

Atalanta illōs vīctōs spectāvit quī nōn fūgerant. Omnēs adhūc fixī in illō locō erant; turba quoque nōn movēbātur. Omnēs Atalantam et virum cum eīsdem exspectantibus vultibus terrōris spectābant. Atalanta scīvit eōs dubitāre utrum poenam an veniam Atalanta eīs daret. Fierī Fūria voluit ut poenam sagittīs plēnīs ignium dāret omnibus quī hanc poenam meruerant. Atalanta ēligere poterat, et furōre affecta est.

Capitulum IX

Atalanta sagittam in arcū suō posuit, iterum arcum tendēns et virōs in līneā sagittae īnspiciēns. In mente sagittam volantem per āerem et sonum sagittae virum pellendī fīnxit. Mūsculī in collō eī restrictī erant.

Iāsus cum terrōre exclāmāvit, "Nē eōs interficiās!"

Omnēs in turbā quoque magnā cum terrōre exclāmāvērunt. Atalanta tamen audīre nōn poterat, sed oculī eius virōs victōs et vultūs eōrum clārē vidēre tandem poterant. Iāsus ad Atalantam in genibus accēdere coepit, brācchia extendēns paene flēns lacrimīs in oculīs sibi collēctīs. Aliquis ē turbā fūgit, et aliī eum statim secūtī sunt. Clāmōrēs ubīque erant.

Atalanta, tendēns arcum, sōlem ārdentem cum igne īrae in brācchiīs sēnsit. Mūsculī collī autem restrictiōrēs iterum factī sunt dum ea virōs territōs spectābat. Ille quī silvam spectāverat fugere coepit ad silvam praeceps currēns. Atalanta eum sagittā in arcū secūta est. Sanguinem olfēcit, sed nēmō vulnerātus erat. Atalanta cōgitāre nōn poterat. Iterum dubitāvit.

Ille vir prope eam molliter rogāvit, "Quid accidit, Atalanta?"

Atalanta eum rogantem audīvit. Respīrāns Atalanta arcum dēmīsit, et iste vir currēns in silvam ēvānuit. Aliī virī silvam spectāre coepērunt. Plūs turbae attonitae iam fūgerat, et silentium iterum revēnit. Āer sine ventō gravis erat. Atalanta tunicam madidam et frīgidam in tergō sēnsit. Horruit. Sibi vidēbātur velut in marī submersa esset, pressa ubīque corpore sine potestāte līberē movendī. Ille rogāverat quid accidisset. Celerius fātō cucurrerat. Hoc acciderat. Atalanta oculōs clausit.

Atalanta rogāvit, "Nescīsne?"

Vir respondit, "Minimē. Tōtus nesciō."

Iāsus inter Atalantam et virum spectāvit, sentiēns aliquid. Iāsus in genibus sē vertēns ad virum exclāmāvit, "Petīvī ut Atalanta uxor facta esset, et fīlia mea dīxit sē futūram esse uxōrem sī aliquis eam in cursū vincere posset. Nōlī permittere eī ut competītōrēs interficiat!"

Oculīs apertīs, Atalanta cum īrā rīsit et exclāmāvit, "Petīvistīne mē? Minimē—mē iussistī! Hoc nōn ēlēgī. Hoc nōluī. Tū hoc voluistī. Mē hūc agēbās—mē adhūc agis! Itaque, omnēs interficiam quōs vīcī. Hanc potestātem mihi dedistī et potestās est sōla quam teneō."

Vir cōnfūsus respondit, "Sed cūr eōs interficiās sī eōs iam vīcistī?"

Atalanta magnā furōre iterum affecta est tenēns memoriā omnia quae istī virī dīxerant et quōmodo istī eam tangere cōnātī erant. Exclāmāvit, "Quia horribilēs sunt quī putant virginem esse nihil! Quia tenēre et tangere mē volēbant! Quia putant mē esse tantum captīvam quae serva eōrum esse dēbet! Rēs nōn sum!" Atalanta ex īrātiōre dēspērātiōne flēre voluit. Competitōrēs interficiendī erant. Vīvere nōn merēbant.

Atalanta oculīs fīxīs arcum iterum tetendit. Alius virōrum vultum manibus cēlāvit, et alius post virum sē cēlāvit. Atalanta cum furōre **mīllium**[66] sōlum ārdēbat, fingēns in mente omnēs interfectōs et patrem suum flentem super corpora mortua eōrum. Illī hoc merēbant. Competitōrēs et pater odiō eī erant.

---

[66] Thousands

Capitulum IX

Atalanta quārta **Fūria**[67] facta est vultū micantī velut vultus Diānae micuerat dum septem fīliās Niobēs interficiēbat. Haec vēnātiō fortasse esset tam facilis quam illa. Omnēs victimae vidēbantur velut statuae terrōre immōbilēs sine potestāte fugiendī. Quam facile esset haec vēnātiō. Omnēs interficere celerius posset, et corpora eōrum ē quibus sanguis flūxūrus esset ad terram cāsūra essent. Sanguinem eōrum olfacere poterat. Horruit. Brācchia eī ārdēre incēpērunt. Dubitāvit.

Subitō, ille vir ante eam ambulāverat—inter arcum Atalantae et illōs virōs territōs. Atalanta eum vidēre nōluit. Oculōs clausit arcum adhūc tendēns in brācchiīs ārdentibus et eōs tum aperuit, spectāns terram. Terram tamen nōn vīdit. Attonita erat et ubīque spectāvit—virum tamen nōn spectāvit. Vidēbātur eī velut sī Atalanta et ille vir in cālīginem obscūram intrāvissent. Omnēs—pater et illī competītōrēs—ante eam ēvānuērunt. Āēr frīgidus erat, et Atalanta iterum horruit. Magnus terror cor Atalantae celerius pulsāvit; territa exclāmāvit, "Discēde!"

Vir respondit, "Discēdam sī tū vīs; hanc potestātem tenēs. Atalanta, quaesō, prīmum mē spectā. Nōnne mē cognōscēs?"

Atalanta iterum dubitāvit sed oculōs suōs tandem sustulit ut vultum virī īnspiceret. Vultus pulcher erat, et benignus. Oculī eius magnā cūrā affectī sunt, sed ōs paulum rīdēns tenuit velut sī **iocum**[68] scīret quem nārrāre etiam iam voluit. Atalanta ōs diū spectāvit usque dum sēnsit sē ērubēscere. Oculōs mīrāta est. Oculī eius eōdem

---

[67] There are three furies, who are the goddesses of vengeance: Allecto, Megaera, and Tisiphone.
[68] Joke

colōre arborum erant—viridia folia in lūce sōlis mixta cum mollibus brunnīs eōdem colōre **coriī**[69] truncī in lūce obscūrā noctis—per quōs oculōs quoque aurea lūx sōlis currēbat.

Ille addidit, "Hērōīna es, Atalanta. Certē nōn rēs."

Atalanta attonita erat: benignōrum oculōrum eius oblīvīscī numquam posset. Eum cognōvī. Nōmen eius adhūc ignōtum erat. Nōmen iam dīxerat?

Vir vīdit Atalantam eum cognōvisse. Rīsit. Ille dīxit, "Tibi aliquid tulī."

Atalanta iterum rogāvit, "Quis es tū?" sed illa interrogātiō mollior priōre erat. Atalanta, tamen, arcum nōn dēmīserat.

Respondit vir, "Sum Hippomenēs. Tē in vēnātiōne Calydōniī aprī cognōvī."

Atalanta arcum adhūc tendēns respondit, "Memoriā iam teneō."

Atalanta certē memoriā tenuit: sanguinem, corpora ā curvātīs dentibus aprī laniāta, viscera in terrā fluentia, et clāmōrēs morientium, Meleagrum cum cultrō sanguine madidō—et Hippomenēn.

Hippomenēs pōmum aureum cum rubōre pūniceō manū eī extendit. Rogāvit, "Pōma tē adhūc dēlectant?"

Atalanta pōmum spectāvit, tenēns memoriā Hippomenēn ad aliud pōmum aureum manum extendēns in mōmentō plēnō silentiī cum ipsa eum tetigerat et ille vir ad aurēs suās ērubuerat antequam iste aper grunniēns ad omnēs cucurrerat et multōs interfēcerat. Aliquid cor eius

---

[69] Bark

Capitulum IX

celerius pulsābat, sed Atalanta nescīvit utrum īdem terror aut aliquid novī esset. Cōnfūsa erat.

Hippomenēs dīxit, "Atalanta, cōnfer tē mēcum, sī tū vīs. Multō melius istīs virīs es—mē quoque, ut putō."

Atalanta pōmum aureum adhūc spectāns āmissa in memoriīs suīs nōn respondit, sed pater eius—illa cālīgō frīgida subitō ēvānuit in fortī lūce sōlis—exclāmāvit in pedēs saliēns, "Hoc volō! Certē, tū cum filiā meā sine dubiō competēs, et cum eam in cursū vīceris, eam uxōrem dūcēs!"

Atalanta magnā cum īrā patrem audīvit. Ōrāculum autem memoriā tenuit et territa horruit. Ā mātrimōniō mūtārī nōluit, sed pater iam eam mūtāverat cum ille eam cēpērat. Ipsa nova facta est. Eratne adhūc illa micāns et fortis hērōīna ut Hippomenēs dīxerat? Atalanta iterum Atalanta esse voluit. Illam virginem in vēnātiōne aprī et illam hērōīnam quae cum Argonautīs nāvigāverat memoriā tenuit—et lībertātem quam habuerat. In corde suō Atalanta magnam dolōrem sēnsit, et mūsculī in collō eī restrictiōrēs factī sunt. Dīcere nihil nōn poterat; ā tantā dolōre affecta est. Atalanta sēnsit manūs nōn posse tendere arcum diūtius; brācchia eī ārdēbant, et fortitūdinem suam āmittēbat. Sī Atalanta certāmen iterum curreret, nesciēbat utrum vinceret an vincerētur.

Atalanta animadvertit post Hippomenēn omnēs aliōs competītōrēs fugere coepisse. Atalanta plūs ferre nōn poterat. In ventō fortī quī eam subitō pulsāvit audīvit vōcem ululantem, *celerius fātō*. Horruit. Hoc fātum eius nōn erat.

Sine cōgitātiōne, Atalanta exclāmāns sagittam ex arcū statim mīsit.

Capitulum X

Hippomenēs, Ācer Oculō, *Tempōre Vēnātiōnis*

"'Meritum' dīxisse 'ferēs virtūtis honōrem' ... ērubuēre virī." Ovidius, *Metamorphōsēs*, 8.387-388.

Aper mortuus erat, certē mortuus erat. Sanguis in terrā ē corpore eius ubīque flūxerat, et nōn iam grunniēbat. Ignēs in oculīs eius etiam extīnctī erant. Nēmō, autem, corpus aprī accesserat, et omnēs quiētem in silvā adhūc cōnservābant. Vulnerātī nōn clāmābant, nec certē illī mortuī. Avēs quoque nōn canēbant, nec ventus cum arboribus saltābat. Odor sanguinis ācer erat.

Hippomenēs ad corpora virōrum in silvā spectāvit. Multī erant. Hīc apud mortuōs et morientēs et viscera et sanguinem omnipotentēs deī ambulāverant cōnsilia sua capientēs—et cūr? Cūr deī hoc ēgerant? Quia senex sacrificiī oblītus erat? Hippomenēs frontem contrāxit. In silvā erant tot virī mortuī quia dea offēnsa erat ā sene quī nihil memoriā tenēre potuerat. Diāna ipsa eōs interfēcerat, sed horrificō aprō ūsa erat ut eōs interficeret. Deī saevī mortem semper ferēbant quō ībant. Hippomenēs vexātus respīrāvit.

Capitulum X

Atalanta ambulāre coepit, et Meleagrum tergō rēctō accessit, arcum laevā tenēns. Hippomenēs eam secūtus est ut cum Meleagrō stāret. Nēmō movēbātur praeter Atalantam et Hippomenēn, omnēs aprum mortuum spectantēs, fortasse nōn crēdentēs eum esse mortuum. Atalanta quoque aprum spectābat, adveniēns ad locum ubī Meleager adhūc stābat sed ipsa ambulāre nōn dēsīvit. Aprum mortuum oculīs apertīs accessit.

Virī susurrāre coepērunt, attonitī. Atalanta plūs virtūtis habēbat quam omnēs aliī vēnātōrēs in silvā. Arcum in terrā prope aprum posuit. Sine potestāte sē dēfendendī Atalanta aprum īnspiciēbat.

Hippomenēs Meleagrō susurrāvit, "Prīma erat vulnerāre aprum, et prīma etiam accēdere aprum. Quam fortis est, et quam fortūnātī sumus quia ea advēnit ut nōs iuvāret."

Meleager Atalantam spectāns respondit, "Certē—et ego—quam fortūnātus sum—spērō mē futūrum esse."

Hippomenēs volvere oculōs suōs voluit. Meleager nōn audīverat cōnsilium quod Hippomenēs eī dederat. Atalantam spectāvit et respīrāvit. Hippomenēs enim incertus erat quid inter sē et Atalantam accidisset. Illa bracchium tetigerat et nōn mōta erat—usque ad illud mōmentum in quō aper grunnīverat et omnēs in silvā petīverat. Atalanta autem cōnfūsa vidēbātur, et incerta.

Atalanta sagittam suam cēpit et ex aprō remōvit. Sagittam sanguine aprī madidam īnspexit. Cum cūrā, magnum folium molle ex arbore cēpit et sanguinem ē sagittā remōvit. Atalanta tum sagittam iterum īnspexit. Rīsit et sagittam in pharetram posuit. Sē vertit ut omnēs vidēret. Nēmō aprum nec Atalantam adhūc accesserat sed cum suspīciōne eōs spectābant velut Atalanta—fīlia Diānae—et ille aper—missus ā Diānā—amīcī erant.

Cum cūriōsitāte Atalanta exclāmāvit, "Quid? Ille aper mortuus est."

Nēmō respondit. Virī quī vulnerātī erant clāmāre ē dolōre coepērunt. Multī virī iam incertiōrēs vidēbantur; terrōre et odōre sanguinis et vīsū mortuōrum et clāmōribus morientium adhūc affectī sunt. Quiēs silvae, autem, exclāmātiōne Atalantae frācta erat. Virī ambulāre inter arborēs coepērunt, sed nēmō alius adhūc aprum accessit. Meleager caput aprī tetigit, et rīsit. Atalanta eum ignōrāvit sed aprum iterum īnspexit, tangēns illōs horribilēs dentēs sanguine madidōs. Aliō foliō ūsa est ut sanguinem removēret.

Hippomenēs rogāvit, "Quid est, Meleager?"

Meleager respondit, "Ecce, nōs sumus tam fortēs, tam virīlēs ut aprum mortuum timeāmus. Sōla virgō accēdere illum aprum interfectum potest! Hahae. Nōs spectā, Hippomenēs!"

Aliī virī longius ab aprō stābant, aliī ad vulnerātōs īverant ut eōs iuvārent, et aliī aprum mortuum magnā cum suspīciōne spectābant velut aper iterum victūrus esset et plūrēs vēnātōrēs interfectūrus esset.

Hippomenēs Meleagrō dīxit, "Rēctē dīcis. Hāc causā, nōnne Atalanta accipere honōrēs ē nostrā vēnātiōne dēbet?"

Meleager rīsit, "Accipitne virgō illud praemium et nōn vir? Bene, certē nōn decet virginem aprum vulnerāvisse prīmum. Hoc nōs merēmus. Ita, praemium Atalantae esse dēbet. Hoc pudōrī virīs sit."

Capitulum X

Hippomenēs vexātus incēpit respondēre Atalantam hoc meruisse. Voluit dīcere accipientem praemium Atalantam omnibus nōn significāre omnibus ea quae virī ēgerant aut nōn ēgerant, tantum significāre Atalantam praemium meruisse. Atalanta autem rogāvit, "Estne aliquis quī mihi cultrum det ut caput et **pellem**[70] aprī removeam?"

Meleager ad Atalantam statim ambulāvit, rīdēns et superbus, cultrum suum offerēns.

Atalanta ad Meleagrum manum extendit ut cultrum acciperet, sed Meleager rīsit, "Mihi permitte."

Atalanta frontem contrāxit dum Meleager cultrō caput et **pellem** ē corpore aprī removēbat. Meleager cum capite sanguine madidō in manibus surrēxit. Illī curvātī dentēs adhūc vidēbantur Hippomenae ferōcēs. Meleager in āerem caput aprō sustulit. Hippomenēs putāvit aprum etiam mortuum horribilem esse, aliquid ex somniīs pessimīs. Horruit. In vītā suā, Hippomenēs scīvit sē numquam oblītūrum esse aprum grunnientem et interficientem virōs. Aprō interfectō, ille in mente eum adhūc audīre poterat et illōs oculōs, etiamsī extīnctī fuissent, ignibus **gemināt**ī**s**[71] ārdentēs vidēre poterat.

Meleager caput aprō brācchiīs tollēns dīxit, "Ecce—ille aper ā Diānā missus quem ego ipse interfēcī. Mortuus est. Nē timeātis, amīcī! Gaudeō nōs eum vīcisse, sed magnō dolōre affectus sum quia multī virī interfectī sunt—virī quī fortissimī erant et vēnērunt hūc ut patriam meam iuvārent. Quam honōrābilēs sunt illī—et vōs quoque. Sciō vōs quoque eōdem dolōre affectōs esse."

---

[70] Skin, hide
[71] Twinned, doubled

Hīc, Meleager nihil dīxit, sed virōs singulōs spectāvit. Virī Meleagrum caput tollentem accessērunt, sed illī quī auxilium vulnerātīs ferēbant ē locīs suīs nōn discessērunt. Atalanta arcum suum ē terrā cēpit. Sanguis aprī ē caput adhūc fluēbat, cadēns in terrā et in brācchiīs Meleagrō.

Meleager dīxit, "Ego hunc aprum interficere nōn potuissem, sī vōs mē nōn iūvissētis. Ut crēdō, autem, est aliquis sine quā interficere aprum sine dubiō nōn potuissem."

Aliī virī, cum verbum *quā* audīvērunt, ūnā sē vertērunt ut Atalantam spectārent. Atalanta nōn movēbātur, sed laevā manū arcum fortius tenēbat.

Meleager turbae dīxit, "Itaque, Atalantae, ex omnibus quī quoque praemium merent, caput aprī dabō quia ipsa aprum prīmum vulnerāvit. Sī aper nōn vulnerātus fuisset, ego eum nōn interficere potuissem."

Meleager ad Atalantam sē vertit, et extendit eī caput.

"Ecce, praemium vēnātiōnis tibi est," Meleager rīdēns dīxit.

Multī virī ērubuērunt, sed Hippomenēs gāvīsus est quia Meleager tandem vēritātem vīderat. Sine Atalantā, nēmō interficere illum aprum potuisset. Hoc praemium sine dubiō illa meruerat.

Atalanta paulum rīdēns caput accēpit. Caput curvātō dente cēpit et in āerem sustulit sīcut Meleager ēgerat. Illud caput tam magnum erat ut Atalanta parva vidērētur, sed anima eius micābat velut clāra lūx nocte ārdēret. Quam fortis vidēbātur.

Atalantā, ōs aperiēns, aliquid dīcere coepit, sed subitō, vir ērubēscēns exclāmāvit, "Virgō hoc nōn meret! Fēmina est—nōn vēnātor—nec vērō adulta, sed tantum puella.

Capitulum X

Certē, Fortūna auxiliō eī erat quia in aprum sagittam mīsit—sed Fortūna erat, nōn **ingenium**![72] Nōlī praemium ā nōbīs removēre. Hoc merēmus nōs, nōn ista."

Atalanta caput aprō dēmīsit, et cum vexātiōne virum spectāvit. Dīcere aliquid iterum incēpit, sed secundus vir quoque exclāmāvit, "Virginēs dūcī ab virīs dēbent. Illa marītum meret—sī est marītus quī tam īnsānus sit ut istam virginem velit."

Atalanta vexātior erat, et Hippomenēs ad eam ībat ut cum eā stāret. Meleager autem clāmāns ad secundum virum subitō cucurrit et eum cum ferōcitāte petīvit, tollēns cultrum, et trāns collum virō cultrum celeriter mōvit. Sanguis ē collō quam celerrimē flūxit, et vir capiēns collum ad terram cecidit. Vir horruit et in terrā tum mortuus est prope illum aprum quī tot interfēcerat.

Hippomenēs paulum refūgit, attonitus, et paene omnēs ex vēnātōribus paulum refūgērunt, illī quoque attonitī ferōcitāte. Atalanta ā Meleagrō nōn fūgit sed cum horrōre exclāmāvit, "Quid ēgistī?"

Meleager īrātus exclāmāvit, "Tē dēfendī!" Post pausam brevem, addidit, "Sacrificium Diānae fēcī!" Hippomenēs lūcem ferōcem vīdit quae in oculīs Meleagrō micābat, et horruit.

Atalanta īrātior exclāmāvit, "Diāna hoc sacrificium nōn vult! Nec ego tē requīrō! Sine morte hominis dēfendere mē ipsam possum! Tū tē tantum dēfendistī!"

Antequam Meleager respondēre poterat et Hippomenēs advenīre poterat quō Atalanta erat, ille prīmus vir quī exclāmāverat dē praemiō Atalantae iterum

---

[72] Skill

clāmāns hastam suam ad Meleagrum iēcit, sed Meleager tūtus ē viā hastae salīvit. Meleager virum petīvit eōdem cultrō quō ūsus erat ad **pellem**[73] aprī et caput removendum et ad virum interficiendum, et abdōmen virī cultrō pepulit.

Vir tremulus abdōmen manibus cēpit, sed sanguis ubīque ē vulnere super manūs suās quam celerrimē flūxit. Vir tōtō vultū cōnfūsus manum ad Meleagrum extendit. Meleager autem eum **calcāvit**,[74] et ille ad terram cecidit, moriēns sine verbīs sed cum sanguine ex ōre fluentī.

Omnēs tacitī Meleagrum spectāvērunt, tam attonitī ut statuae esse vidērentur velut sī Medūsa ipsa per silvam ambulāvisset et omnēs in saxa oculīs perīculōsīs suīs mūtāvisset. Sanguis ē duōbus virīs interfectīs in terram adhūc celeriter fluēbat. Tōta terra sanguine mortuōrum et vulnerātōrum saturāta erat. Manūs Meleagrī madidae sanguine erant. Hippomenēs nescīvit an sanguis in manibus Meleagrī esset sanguis aprī an virōrum quōs ille interfēcerat. Hippomenēs amīcum suum spectāvit, et nescīvit quis esset. **Unde**[75] ille saevus filius rēgis vēnit?

Atalanta, autem, exclāmāvit, "Quis es tū quī interfēcistī illōs quī putant mē nōn merēre aliquid?! Istam potestātem nōn tenēs."

Meleager ā corporibus mortuīs sē vertit ut Atalanta vidēret. Exclāmāvit cum furōre, "Ille hastam contrā mē iēcit!"

---

[73] Skin, hide
[74] Kicked
[75] From where; whence

Capitulum X

Atalanta respondit, "Quia tū hominem interfēcistī!" Atalanta arcum suum tenēbat, et Hipomenae vidēbatur Atalanta dubitāre an utī arcū necesse esset ut eam—et aliōs—dēfenderet. Hippomenēs scīvit Atalantam esse celerem, sed Meleager propior ad Atalantam erat. Multō melius esset sī Atalantae nōn necesse esset sagittam mittere ut eam dēfenderet. Hippomenēs Meleagrō nōn iam crēdidit.

Meleager Atalantam īnspexit, pedēs usque caput eius spectāns. Respondit superbissimus, "Potestātem certē teneō."

Atalanta vexāta exclāmāvit, "Quis es tū?!"

Quatiēns cultrum ad virōs quōs interfēcerat cum cōnfūsiōne respondit, "Ego amīcus tuus sum." Quatere cultrum suum dēsīvit. Atalantam spectāvit et aliquid dīcere maiōre cum patientiā cōnātus est, velut pater infantī aliquid explicāret. Addidit, "Esse amīcus melior velim."

Atalanta autem statim et firma respondit, "Nec amīcus meus es nec eris tū." Sē vertit ut ambulāre inciperet ad urbem cum capite aprī dextrā manū et arcū laevā manū.

Meleager offēnsus respondit, "Ego fīlius rēgis sum. Rēx erō. Velle esse amīca mea dēbēs."

Atalanta sē vertit et tremulō furōre Meleagrum accessit, "Meā nōn interest sī tū ipse fīlius deī sīs. Tū duōs virōs sine causā interfēcistī. Nūlla fēmina vellet tibi amīca esse."

Nēmō in silvā praeter Atalantam et Meleagrum movēbātur. Hippomenēs dīcere aliquid voluit, sed nescīvit quid agere dēbēret. Meleager duōs virōs interfēcerat quī vēnerant ut eum iuvārent sine causā, et poenam merēbat. Fīlius rēgis, autem, erat. Hippomenēs timēbat nē

Meleager aliquid peius ageret. Scīvit sē nōn iam amīcum Meleagrī esse.

Atalanta adhūc vidēbātur parāta sagittam mittere sī necesse esset, et Hippomenēs nescīvit quid Meleager āctūrus esset. Hippomenēs cum cūrā ad Atalantam ambulāvit nē Meleager animadverteret. Iuvāre eam voluit sī necesse esset.

Etiam Meleager ad Atalantam īvit, exclāmāns, "Erat causa. Putāvērunt tē nōn meruisse caput aprī!"

Atalanta Hippomenēn accēdentem animadvertit, sed Meleagrō exclāmāvit, "Minimē—tū eōs interfecīstī quia putāvērunt tē errōrem fēcisse! Potestne nēmō rogāre an iste filius rēgis agat aliquid quod rēctum nōn sit? Sī ego interficerem omnēs quī pūtent mē nōn merēre praemium quia virgō sum, an mē nōn agere aliquid posse, multī mortuī essent. Tū—tū ipse mortuus essēs!"

In manū dentem curvātum tenēbat tam fortiter ut Atalanta vidērētur velle pellere Meleagrum capite aprī aut ūtī illō dente ut eum interficeret. Omnēs virī in silentiō eam spectābant, nihil dīcentēs. Hippomenēs iterum putāvit Atalantam plūs virtūtis habēre quam omnēs aliī vēnātōrēs. Atalanta vēritātem rēgī futūrō dīxerat cum aliī eum timuissent.

Meleager, autem, īram Atalantae nōn vērō vīdit. Hippomenēs putāvit eum vidēre quod vidēre vellet—et audīre. Meleager respondit, "Nōn rēctē dīcis, Atalanta. Tē admīror. Quam fortis es! Hērōīna es, et omnia praemia merēs."

Atalanta īrāta respondit, "Hoc praemium mereō—et alia quoque multa praemia meruī quae nōn accēpī quia aliīs virīs data sunt; illōs autem nōn interfēcī. Tū mihi dare

Capitulum X

potes nihil quod in animā meā iam meruī, sine tē. Ut dīxī, hanc potestātem nōn tenēs."

Atalanta iterum sē vertit ut discēderet, sed Meleager cōnātus est brācchium Atalantae capere.

Hippomenēs currrere coepit et cum trepidātiōne exclāmāvit, "Atalanta!"

Clāmōre eius audītō, Atalantā brācchium mōvit, īrāta exclāmāns Meleagrō, "Nē mē tangās!"

Meleager dēmōnstrāns illud caput Atalantae dīxit, "Nōn intellegis. Merēs quod tibi dedī. Ego sum amīcus, hērōēs tuus. Tē dēfendī."

Atalanta magnā cum īrā exclāmāvit, "Minimē—tū nōn intellegis. Ego nōn sum canis; sciō quod mereō et quod nōn meruī. Hoc praemium meruī, tū autem nūllum."

Hippomenēs brācchium Meleagrō cēpit et trahere eum ab Atalantā cōnātus est. Meleager Hippomenēn cum vexātiōne spectāvit, et Hippomenēs cultrum adhūc sanguine madidum in manū eius vīdit. Hippomenēs timēbat, sed trahere eum magnā cum cūrā ab Atalantā iterum cōnātus est. Meleager Hippomenēn pellere manū sine cultrō cōnātus est, sed Hippomenēs celeriter sē mōvit, et Meleager nihil praeter āerem pepulit.

Meleager sē vertit ut Atalantam vidēret. Cum superbiā rēgis quī nec accipere nec intellegere vēritātem poterat respondit, "Sed mea dulcis—"

Atalanta iaciēns caput aprī ante pedēs Meleagrī exclāmāvit, "—nec ego praemium tuum erō!"

Sē vertit ut ad urbem revenīret, et omnēs vēnātōrēs eam secūtī sunt. Hippomenēs quoque eam secūtus est, ambulāns prope eam, sed caput vertit ut amīcum prior vidēret. Meleager manūs sanguine madidās īnspexit. Virōs interfectōs spectāvit et sanguinem ē manibus foliīs remōvit. Meleager sōlus caput aprī iam cēpit. Caput optimum praemium fuerat, sed iam tantum erat caput aprī mortuī. Ille ultimus erat quī sequī Atalantam ē silvā ad urbem coepit.

Capitulum XI

Atalanta, Celeris Pede, *Tempōre Certāminis*

"*Nōn sum, mē iūdice, tantī.*" Ovidius, *Metamorphōsēs*, 10.613.

Atalanta sagittam in terram mīserat, et omnēs virī exclāmantēs in silvam statim fūgerant. Iāsus, autem, ad terram sē iēcerat. Atalanta horrōre confūsa sagittam spectāvit; illam sagittam et omnēs sagittās suās in illōs virōs paene mīserat. Omnēs paene interfēcerat. In mente mortēs eōrum finxerat—finxerat sē eōs interfectūram esse.

Atalanta memoriā tenēns sanguinem virōrum in silvā et micantī cultrō horruit. Nescīvit an stāre diū posset. Reclīnāre et dormīre voluit; somnia autem nōluit. Putāvit sē quoque ad terram cāsūram esse. Quālis virgō erat? Quae erat? Nescīvit. Sine dubiō hērōīna nōn iam erat.

Atalanta Hippomenēn vīdit. Ille nōn fūgerat. Atalanta eum īnspexit. Hippomenēs pōmum aureum rubōre pūniceō manū iterum extendit. Territus nōn vīsus est etiamsī Atalanta sagittam ex arcū suō exclāmāns iam mīserat. Ille eī crēdiderat.

Tum ille molliter dīxit, "Atalanta, quaesō, pōmum accipe. Mihi vīdēris velut sī ventus fortis tē ad terram pellere possit. Tam exanimāta et sine fortitūdine es, paene tremula. Aliquid edendum requīris."

Atalanta edere aliquid valdē volēbat—et bibere. Quandō Atalanta aliquid ēderat? Atalanta cōgitāvit, sed nescīvit. In illō parvō cubiculō, furōre affecta paene tōtum diem ēgerat. Stolīs laniātīs, ad templum īverat, et tōtam noctem illūc ēgerat. Cēnam nōn ēderat. Edere valdē voluit. Pōma quoque eam dēlectābant. Ille eī pōmum obtulit. Atalanta pōmum in manū eius spectavit; capere id voluit.

Hippomenēs silvam spectāvit, addēns, "Illud certāmen difficile erat. Ut crēdō, praesertim quia pater tuus nōn permīsit ut tū currerēs et vēnārēris hīc."

Atalanta mīrāta est quia Hippomenēs tantum intellēxerat. Atalanta Iāsum spectāvit. Ille cēlāre sē manibus in terrā adhūc cōnābātur. Iāsus nihil honōris nec virtūtis tenēbat. Atalanta cum contemptiōne sē vertit ab Iāsō ad Hippomenēn quī pōmum eī obtulit. Edere voluit, sed ānxietāte quoque affecta est. Hippomenēs eam dubitantem vīderat in illō mōmentō horribilī in quō paene omnēs interfēcerat, sed ille pōmum eī tamen obtulerat. Pōmum etiam erat illud pōmum aureum cum rubōre pūniceō quod ea lībera in silvā eī dēmōnstrāverat, quod eī dīxerat esse melius. Hoc memoriā tenēbat.

Atalanta cōnāns eum nōn tangere pōmum accēpit. Oculōs dēmīsit et illud statim edere incēpit. Pōmum mātūrissimum erat, et Atalanta pōmum dēvorāvit velut lupus cervam peteret, cum eam vulnerāret sed nōn interficeret, et cervam adhūc vīventem edere inciperet. Tōtum pōmum ēdit, etiam **sēmina**.[76]

---

[76] Seeds

Capitulum XI

Pōmō ēsō, Atalanta paulō melius sē habuit. Hippomenēn spectāvit, sed cum cūrā, quia vidēre mixtōs colōrēs in oculīs eius nōluit. In vēnātiōne aprī, ille mystērium rīdēns eī vīsus erat—et adhūc erat. Ille quī pōmum mātūrum obtulerat, ille quī nōn fūgerat, ille quī vēnerat, ille quōcum vēnāta erat et rīserat, tōtus ignōtus erat.

Atalanta fessa usque ad cor et animam ipsam rogāvit, "Cūr hūc vēnistī?"

Hippomenēs iterum explicāvit, "Vēnī ut tē iuvārem, sed tardē advēnī."

Atalanta frontem contrāxit. Rogāvit, "Tū iam hoc dīxistī. Quōmodo mē iuvārēs? Quid vīs tū?"

Hippomenēs ērubuit et vidēbātur velut sī nescīvit quid dīcere vellet, incertus quōmodo explicāre inciperet. Silvam, tum terram, spectāvit, et caput tetigit.

Atalanta subitō vexāta putāvit sē intellegere. Dīxit, "Sī tū etiam es alius vir quī venit quia mē dūcere uxor velit, hoc mē nōn iuvat! Et voluerim post certāmen—quia dīxī mē interfectūram esse aliōs quī mē uxōrem nōlentem ducere velint."

Hippomenēs ipse paulum vexātus respondit, "Ego nōn sum alius vir, Atalanta. Mē cognōscis. Nec ego requīrō ut tū mēcum currās, praesertim in hōc momentō cum sīs tam fessa, et numquam sī tū hoc nōlīs."

Atalanta sonum ē massā territā quae erat pater eius in terrā audīvit. Respīrāvit. Ut Hippomenēs dīxerat, Atalanta fessa erat. Putāvit sē in vītā suā numquam fuisse tam fessam quam iam esse. Satis fortitūdinis nōn tenuit.

Hippomenēs addidit, "Semper apud mē, Atalanta, potes ēligere id quod tu vis."

Atalanta Hippomenēn rīdentem in illā cēnā Calydōnī memoriā tenuit... et quōmodo ille Atalantae dēmōnstrāvisset locum ē quō sagittam in aprum melius mitterētur... et quōmodo ille vēnisset ut auxilium eī offerret, cum Meleager duōs virōs interfēcerat, dum aliī vēnātōrēs territī stabant immōbilēs. Et iam—iam vēnerat et pōmum eī dederat, et etiam ille quoque eam dūcere voluit. Semper honōrem eī dederat et benignus semper fuerat, etiamsī amīcus eius Meleager hōc nōn ēgerat. Hippomenēs rēctē dīxerat.

Atalanta flēre valdē voluit quia putāvit sē nōn iam esse illam quae auxilium meruit. Atalanta fessissima susurrāvit, "Ego nōn iam sum illa quam cognōverās. Furōre meā mūtāta sum."

Hippomenēs nihil dīxit, et Atalanta sēnsit eum ipsam adhūc spectāre. Terram spectāns, Atalanta addidit, "Nihil mereō."

Atalanta ventum fortem in tergō et brācchiīs suīs sēnsit. In ventō audīvit ōrāculum ululāns *mūtāberis mātrimōniō*, et frīgidā in tunicā suā sūdōre madidā horruit. Nēmō currere celerius fātō poterat, nec Atalanta ipsa quae celerrima ōlim fuerat. Atalanta iam mūtāta erat, et nōluit scīre quōmodo iterum mūtārētur. Revenīre voluit ad illam Atalantam, illam hērōīnam quae ōlim fuerat.

Atalanta dubitābat. Hoc quoque aliam mūtātiōnem requīreret quia illa hērōīna nōn iam erat. Illam vītam dēsīderāvit, sed somnium esse stultum eī nunc vidēbātur—vītam hērōīnae iam relīquerat. Nescīvit quae iam esset. Sōla erat... sed Hippomenēs adhūc aderat. Sed quid hoc Atalantae interfuit? Iāsus quoque aderat etiamsī Atalanta voluit ut discēderet.

Capitulum XI

Hippomenēs propius ambulāvit, tōtus gravis, et respondit, "Ōlim tū dīxistī tē scīre quod tū mereās. Ut putō, iam scīs quod tū merueris, et melius est quam quod nunc habēs. Ego tibi hoc explicāre nōn possum. Merēs quod tū tē in mente merēre putās."

Atalanta cōgitāvit dē capite aprī quod ante pedēs Meleagrī iēcerat. Hoc praemium meruerat. Fāmam suam et glōriam suam meruerat—et illī virī quī eās capere ipsīs volēbant eās nōn meruerant. Cum vexātiōne patrem in massā tremulā in terrā spectāvit. Atalanta ventum fortiter moventem rāmōs et folia magnae arboris prope eam audīvit. Anima eius erat tam inquiēta quam illa magna arbor. Tranquillitātem silvae dēsīderāvit quam Iāsus sine illō certāmine eī nōn permīserat. Silvam spectāvit, tum Hippomenēn.

Hippomenēs intellegēns addidit, "Sī tū mēcum currere nunc vīs, currāmus tardē, ut crūra extendāmus et nōs recuperēmus. Iter hūc longum erat, et tardē currere mihi quoque bonum sit. Sī hoc nōn vīs, ego discēdam."

Atalanta silvam iterum spectāvit, sed Hippomenae respondit, "Tēcum curram."

Hippomenēs aliud dīcere voluit, sed Iāsus ē massā territā surrexit exclāmāns, "Et sī tū, Hippomenē, eam currendō vincis—"

"Dēsine, Iāse," Hippomenēs īrātus et sine patientiā interrumpit.

Atalanta fessa erat. Quam diū pugnāre poterat? Nescīvit. Tantum scīvit sē ad silvām īre velle. Pater autem vivere posset ut vellet, sine virtūte.

Iāsus autem loquī nōn dēsīvit. Rīsit et sine pudōre respondit, "Dēsinam cum prīmum revēneris et fīliam meam uxōrem dūxeris et amīcī factī erimus!"

Hippomenēs sē vertit respondēns, "Numquam amīcus tibi erō. Tū nūllam virtūtem habēs, nec rēx benignus nec bonus es. Sine dubiō possum vidēre quālis vir sīs, et quam territus sīs. Optima rēs quae in vītā tuā ēgistī erat Atalantam in silvā relinquere ut dea Diāna eam cūrāret, et nunc pessima rēs est dīcere eam fīliam tuam esse."

Iāsus erat tam attonitus ut respondēre nōn posset et vidērētur velut Iuppiter ipse eum pepulisset. Nēmō vēritātem saevam eī dīxerat. Atalanta tamen in corde suō aliquid simile gaudiō sēnsit. Nōn diū gāvīsa erat. Fortasse sōla nōn erat: Hippomenēs quoque putāvit Iāsum nihil merēre, nec etiam amīcōs merēre. Ille intellēxit patrem eam cēpisse etiamsī Atalanta hoc nōn dēsīderāvisset. Iāsus sanguine et nōmine pater erat; Atalanta hunc nōn ēlēgerat.

Atalanta Hippomenae dīxit, "Eāmus," et currere coepit.

Iāsum attonitum adhūc sine potestāte loquendī relīquērunt. Nihil dīxērunt antequam in silvam cucurrērunt. Crūra et pedēs Atalantae dolēbant; pulmōnēs autem eī nōn doluērunt. Omnēs passūs dolōrem per crūra et mūsculōs mīsērunt, itaque illa tardē currēbat. Hippomenēs quoque tardē currēbat, prope eam, et passum nōn mūtāvit quō celerius curreret, sed cum eā eōdem passū currēbat.

In silvā sub sōle micante in foliīs, Atalanta altē et līberē spīrāre coepit. Lūx mollis in terrā tardē saltābat. Avis sōla in rāmulō maiōris arboris canēbat. Vidēbātur Atalantae

Capitulum XI

velut sī omnēs gravēs cūrae suae ēvānuissent cum in silvam intrāverant. Respīrāvit. Quandō Atalanta vītam suam ēgerat quā volēbat? In mentem eius vēnit sonus sagittae per āerem volantis, tum sonus aprī grunnientis.

Atalanta prīmum locūta est quia cūriōsa erat. Hippomenēn rogāvit, "Quid Calydōnī mē absente accidit?"

Atalanta Hippomenēn frontem contrahentem vīdit. Ille nōn responderat.

Cōnfūsa iterum rogāvit, "Quid? Acciditne aliquid malī? Eratne peius aprō?"

Hippomenēs respondit, "Meleager mortuus est."

Atalanta attonita currere paene dēsīvit, et Hippomenēs quoque passum suum mūtāvit quō tardius curreret. Atalanta dē parvō et sene rēge dormientī dum aliī celebrābant cōgitāvit. Ille pater Meleagrī fuerat. Respondit, "Itaque, aliquid malī rēgī Oeneō erat."

Hippomenēs dīxit, "Rēx Oenēus nōn semper bene memoriā tenet. Itaque nōnnumquam rogābat ut Meleager ad eum venīret aut rogābat ubī Meleager esset. Omnia illī iterum nārrāvī. Multum flēvit. Nesciō utrum melius sit an peius rēgī memoriā nōn semper tenēre. Magnō dolōre affectus est, et morte Meleagrī, ut crēdō, memoria eius peiōr facta est."

Atalanta respīrāvit. "Dolōre prō rēge afficior. Deī saevī nōnnumquam sunt."

Hōc dictō, Hippomenēs attonitus et cōnfūsus vidēbātur, sed nihil dīxit. Atalanta saxum pede pepulit, et pēs eī valdē dolēbat. Difficile currere erat quia tōtum corpus dolēbat.

Ille Meleager iuvenis fuerat—et homicīda saevus—itaque Atalanta dē morte eius scīre voluit. Rogāvit, "Quōmodo mortuus est?"

Hippomenēs respondit, "Māter Meleagrī eum interfēcit. Illī virī quōs Meleager interfēcit frātrēs erant mātris eius."

Atalanta dē mātre altā et superbā, illā rēgīnā, cōgitāvit. In mente fingere nōn poterat illam fēminam interficere aliquem, habēre sanguinem in manibus eius, sed dolor et furor omnēs mūtāre poterant—et illī interfectī ā filiō frātrēs suī fuerant. Quam misera erat illa fēmina, captīva inter rēgem oblīviōsum et filium superbum et saevum. Atalanta bene intellēxit ad quem finem illa rēgīna īrā ācta esset.

Atalanta dē patre suō tum cōgitāvit. In mente finxerat sē in ōs eius rīdēns sagittam mittere. Ille mortem merēbat—horribilis vir et horribilior pater erat. Subitō, Atalanta magnā dēfatīgātiōne affecta est.

Atalanta nōn respōnderat, itaque Hippomenēs addidit, "Meleager vītam longam nōn merēbat."

Atalanta nescīvit an ipsa vītam longam merēret. Tam fessa erat Atalanta ut cum vīdit sē accēdere aquam clāram fluentis flūminis, nōn putābat sē salīre super id posse. Dormīre apud hoc flūmen in lūce mollī sōlis voluit et ventum sentīre. Tam fessa erat ut putāret sē multōs diēs dormīre posse. Atalanta tardius cucurrit, et Hippomenēs eam et tum flūmen spectāvit.

Hippomenēs dīxit, "Ecce, Atalanta. Advenīmus ad hoc flūmen. Sī putās cōnsilium bonum esse, quiētem capiāmus ut aquam bibāmus."

Capitulum XI

Atalanta exanimāta cursū et diē longō postquam noctem longam et aquam dēsīderāns respondit, "Bonum est cōnsilium."

Currere nōn iam poterat. Ad flūmen advēnit et in rīpā paene collāpsa est.

Capitulum XII

Hippomenēs, Ācer Oculō, *Tempōre Vēnātiōnis*

"Ēmicat ex oculīs, spīrat quoque pectore flammā."
Ovidius, *Metamorphōsēs*, 8.356.

Hippomenēs ē silvā cum Atalantā ad urbem ambulāvit. Vēnātōrēs adhūc tacitī erant, attonitī mortibus duōrum virōrum quōs Meleager interfēcerat et illōrum quōs magnus aper interfēcerat. Aliī inter sē vulnerātōs in brācchiīs ferēbant. In fīne silvae, Hippomenēs iterum vīdit columnās fūmī ubī mortuī cremābantur et scīvit alia fūnera mox inceptūra esse prō illīs mortuīs in silvā. Nāvēs quoque in portū, cum **vēlīs**[77] altīs ad caelum extendentibus, vīdit. Prope moenia urbis turbam vēnātōrēs exspectantem animadvertit.

Atalanta quoque turbam vīderat, et illa ad eōs apud portās urbis ambulāre coepit. Vēnātōrēs Atalantam in viā sequebāntur.

Hippomenēs illae dīxit, "Omnēs scīre dē vēnātiōne volunt."

Atalanta respondit, "Et dē mortibus, certē."

---

[77] Sails

Omnēs per agrōs ad portās ambulāvērunt turbam accēdentēs. Sōl in caelō lūcēbat; Hippomenēs autem aliquid sēnsit quod eum ānxietāte afficiēbat, aliquid mōmentī, aliquid calamitātis. Nescīvit sī esset fūmus an vēnātiō an īra deae... sed tōtum corpus et mūsculī vidēbantur velut **nervus**[78] in arcū antequam sagitta ex illō missa est.

Atalanta paene nihil dīxerat, et Hippomenēs nescīvit an illa quoque calamitātem sentīret. Vēnātiō horrifica fuerat, et Meleager paene tam perīculōsus quam ille aper fuerat.

Hippomenēs susurrāvit, "Quōmodo tē habēs, Atalanta?"

Atalanta eum spectāvit, cōgitāns. Lūx īrāta in oculīs eius ārdēbat fortius quam Hippomenēs ante hunc diem vīderat.

Hippomenēs addidit, "Dīcere quod vērē cōgitās mēcum potes."

Atalanta dubitāvit, removēns sagittam ē pharetrā ut eam īnspiceret. Sagittam in pharetrā reposuit et tunicam suam tetigit. Hippomenēs iterum dubitāvit an illa eandem calamitātem sentīret. Hippomenēs respōnsum exspectāns nihil dīxit.

Atalanta tandem respondit, "Tantā īrā afficior, et tam fessa sum ut..." Atalanta loquendī dēsīvit et caelum spectāvit.

Hippomenēs quoque caelum spectāvit. Magna avis colōre obscūrō trāns caelum volāvit, et umbra eius

---

[78] Bow string

Capitulum XII

Atalantam breviter tetigit. Dolor et īra et terror in vultū eius ūnā saltābant. Ōmen malum erat.

Atalanta respīrāvit. Susurrāns addidit, "Spērō mihi nōn semper pugnandum esse."

Atalanta arcum ē manū laevā ad dextram mōvit.

Hippomenēs respondit, "Ego intellegere nōn possum quod exspectātur ā tē quia hērōīna nōn sum, nec virgō, nec certē fīlia deae."

Atalanta rīsit, sed nihil dīxit.

Hippomenēs addidit, "Sed sī amīcum umquam requīris, hīc tibi adsum, et tē audīre possum."

Atalanta eum cum cūriōsitāte iterum spectāvit. Rogāvit, "Sed quis es tū? Nesciō nōmen tuum. Id mihi numquam dīxistī, sed ūnā multum locūtī sumus."

Hippomenēs respondēre coepit, sed subitō, turba exclāmāre et celebrāre magnō cum clāmōre coepit. Hippomenēs audīre paene nōn poterat. Ille et Atalanta turbam clāmantem spectāvērunt. Hominēs in turbā Meleagrum cum capite et **pelle**[79] aprī vīderant. Atalanta līneam vēnātōrum dūcēns frontem contrāxit. Hippomenēs sē vertit ut Meleagrum vidēret, et Meleagrum cum capite et **pelle** aprī ad turbam celerius accēdentem vīdit. Sine dubiō Meleager fingere fābulam voluit in quā iste hērōs fuerat.

Ad portās in mediā turbā sub moenibus urbis advēnērunt. Sonus turbae exclāmantis magnus erat, sed Hippomenēs adhūc audīre poterat.

Senex quī vēnārī nōn potuerat exclāmāvit, "Quis illum aprum interfēcit?"

---

[79] Skin, hide

Puer salīvit et salīvit ut vēnātōrēs melius vidēret quia puella ante eum stābat. Exclāmāvit, "Movē tē, soror, vidēre volō!"

Puella frātrem pepulit exclāmāns, "Atalantam vidēre volō!"

Nōn omnēs, autem, celebrābant. Multī enim in silvā mortuī erant, et aderant illī quī adhūc spērābant amātōs nōn esse mortuōs. Invenīre illōs autem nōn poterant.

Hippomenēs fēminam flentem audīvit quae rogāvit, "Ubī marītus meus est? Eum nōn videō!"

Alia stolam suam cēpit et laniāre incēpit, flēns et cadēns ad terram velut magna arbor in silvā, cum gravitāte et magnō clāmōre. Alia parvum puerum rogantem "Ubī est pater?" brācchiīs cēpit, in aurem eī susurrāns. Ille statim flēvit. Hippomenēs frontem contrāxit. Hoc erat cōnsilium deōrum: mortēs et dolōrēs et lacrimae.

Atalanta fēminās quae flēbant spectāvit, sed nihil dīxit. Meleager ad frontem vēnātōrum advēnerat, tollēns illud caput horribile in āerem.

Velut rēx superbus, Meleager dīxit, "Ipse aprum interfēcī! Caput et **pellem**[80] vōbīs tulī. Ego omnēs ad palātium invītō ut magnificā cēnā celebrēmus!"

Multī celebrāvērunt, sed aliī flēvērunt. Meleager ante turbam rīdēbat et caput in āere quatiēbat. Atalanta vexāta Hippomenae dīxit, "Nōn iūstum est, nec rēctum." Antequam Hippomenēs respondēre poterat, Atalanta ad Meleagrum gaudentem ambulāvit et eum in ōre rīdentī **pugnō**[81] pulsāvit, et ille sonus Atalantae eum pulsantis

---

[80] Skin
[81] With (her) fist

Capitulum XII

per turbam quam celerrimē volāvit. Nēmō locūtus est. Omnēs Atalantam in silentiō spectāvērunt. Fīlium rēgis pulsāverat.

Sine terrōre sed cum contemptiōne Atalanta dīxit, "Homicīda es tū, Meleager."

Nēmō locūtus est. Vēnātōrēs quoque nihil dīxērunt etiamsī illī Meleagrum illōs duōs virōs interficientem vīderant. In turbā puella flēvit. Meleager caput aprī dēmīsit et cum cōnfūsā īrā Atalantam spectāvit.

Antequam Meleager respondēre potuit, fēmina alta gerēns stolam luxuriōsam **fīlīs**[82] aureīs factam accessit. Omnēs in turbā ab passū fēminae sē mōvērunt, cum admīrātiōne susurrantēs. Illa rēgālī vōce rogāvit, "Cūr, quaesō, fīlium meum pulsāvistī, puella? Cūr dīxistī Meleagrum homicīdam esse?"

Hippomenēs mātrem Meleagrī, rēgīnam Althaeam, nōn cognōverat, sed in vultū eius idem ōs, eāsdem aurēs, et eōsdem superbōs oculōs vīdit.

Atalanta rēgīnae ante omnēs dīxit, "Quia ego ipsa eum vīdī, et sine ūllā causā, duōs virōs quī vēnerant ut patriam vestram iuvārent interfēcit velut sī illī virī essent aprī saevī."

Rēgīna Althaea cum cūriōsitāte fīlium spectāvit. Aliōs vēnātōrēs singulōs tum spectāvit, omnēs quiētī, pedēs suōs īnspicientēs. Rogāvit, "Ubī sunt frātrēs meī, Plexippus et Toxeus?"

Hippomenēs Meleagrum spectāvit, et Meleager subitō magnā cum pudōre afficī vīsus est antequam iterum velut futūrus rēx superbus respondit, "Mortuī sunt."

---

[82] Thread, string

Althaea, autem, aliquid in vultū fīliī vīderat et cum suspīciōne et dolōre rogāvit, "Quōmodo mortuī sunt?"

Hippomenēs iam intellēxit—et in vultū Atalantae cognitiōnem ēmergentem et horrōrem quoque vīdit. Illī virī quōs Meleager interfēcerat erant frātrēs rēgīnae—**avunculī**[83] Meleagrī.

Meleager nōn respondit, sed ōre firmō et oculīs plēnīs contemptiōnis mātrem spectāvit. "Ut dīxī, māter, mortuī sunt. Nōnne fīliō, rēgī futūrō tuō, crēdis?"

Rēgīna Althaea nōn flēvit, nec fīliō crēdidit. Illa Atalantam īnspexit, quae cum tergō rēctō stetit.

Dīxit, "Vēritātem dīxistī; hanc videō." Sē vertit ā fīliō ut ad palātium revenīret dolōre passibus tardius factīs dīcēns, "Tū fīlius mihi nōn iam es."

Meleager velut eam nōn audīvisset ā mātre sē vertit ut turbam invītāret, "Itaque ad palātium cum mātre meā eāmus! Cēna magnifica pārētur ut celebrēmus cum cēnā et vīnō!" Hippomenēs autem scīvit amīcum priōrem eam audīverat. Vōx eī tremula fuerat.

Meleager caput iterum in āerem sustulit et quatiēbat. Ad portam urbis ambulāvit. Turba cōnfūsa vidēbātur, sed multī Meleagrum per portās urbis sequēbantur. Aliī ad silvam spectābant ubī certē amātus frāter, pater, fīlius, amīcus, aut marītus mortuī erant. Turbā in duās dīvīsā, aliī ad silvam cum dolōre ambulāvērunt ut corpora caperent et ea ad ignēs committerent ut cremārentur, aliī ad portam īvērunt ut celebrārent.

---

[83] Maternal uncles

Capitulum XII

In turbā quae per portās ambulābant erant illī Argonautae. Iāsōn Argonautās dūcēns exclāmāvit, "Eāmus, amīcī! Vīnum nōbīs bibendum est!"

Hippomenēs rīsit et Atalantae susurrāvit, "Putāsne eum in mēnsā iterum saltātūrum esse?"

Atalanta Iāsonem spectāvit, "Ubī vīnum adest, Iāsōn saltat."

Hippomenēs rogāvit, "**Quō**[84] nunc īs tū?"

Atalanta Iāsonem adhūc spectāns respondit, "Nesciō. Cum Argonautīs nāvigō, itaque cum eīs eō..." Atalanta alta moenia urbis spectāvit. Addidit, "Sed nōlō ad palātium īre."

Atalanta autem Iāsōnem sequēns per portās urbis ambulāvit. Hippomenēs eam secūtus est. In viā urbis, multī hominēs iam celebrāvērunt quia aprō interfectō nōn iam timēbant nē in agrīs aut in silvā morīrentur. Virī exclāmābant sē reventūrōs esse ad agrōs, et fēminae cum aliīs cum gaudiō susurrābant. Puellae et puerī in viīs fingēbant sē aprum vēnārī et interficere. Puer manūs ad ōs, velut sī manūs ferōcēs dentēs factae essent, per viās currēbat grunniēns dum aliī puerī eum sequēbantur. Hominēs in viā ubīque erant, sed multī ad palātium per viam fluēbant velut aqua in flūmine ad mare.

Advēnērunt ad magnam viam per quam aut ad palātium aut ad portum et nāvēs rēctē īrent. Hippomenēs nōn crēdiderat plūrēs hominēs in viīs esse posse, mixtōs ūnā in turbā gaudiī et dolōris plēnā. Hippomenēs animadvertit Meleagrum in mediā viā dēsīvisse ut cum

---

[84] Where

hominibus loquerētur et caput et **pellem**[85] eīs dēmōnstrāret.

Aderat nimium hominum, et ille sonus exclāmantium et celebrantium magnus erat. Subitō, autem, vōx maximō sonō clāmābat, et omnēs prope illum quī eum audīverat tacitī factī sunt. Attonitī erant, et Atalantam cum cūriōsitāte spectābant. Quam celerrimē omnēs tacitī factī sunt, Atalantam in mediā viā spectantēs.

Ārea circum Atalantam aperta est, et Atalanta et Hippomenēs sōlī in hōc circulō stābant. Atalanta cōnfūsa vidēbātur, sed Hippomenēs quoque cōnfūsus erat. Quid ille vir clāmāverat? Hippomenēs incertus erat. Eum nōn audīverat.

Subitō, vir tunicā rēgālī in circulō intrāvit exclāmāns, "Fīliam meam!" Cūstōdēs brācchiīs fortibus eum secūtī sunt.

Atalanta cōnfūsa aliās fēminās circum eam stantēs in turbā spectāvit.

Vir, autem, Atalantam accēdit, brācchia extendēns, et exclāmāvit, "Fīlia mea, tē invēnī! Per omnēs terrās et omnēs urbēs tē requīrēbam, per tot locōs sacrōs requīsīvī ut putārem mē numquam tē inventūrum esse, sed hīc, hīc adēs!"

Atalanta ā virō accendentī refūgit subitō timēns. Respondit, "Nūllum patrem habeō. Cōnfūsus es."

Hippomenēs inter virum et Atalantam spectāvit. Omnēs in turbā eōs spectāvērunt.

Vir iterum exclāmāvit, paene ululāns in viā, "Fīlia, ō mea amāta fīlia quam diūtissimē tē āmīsī!"

---

[85] Skin, hide

Capitulum XII

Atalanta valdē cōnfūsa vidēbātur. Iterum dīxit, "Diāna mē cūrābat. Omnēs hoc sciunt. Nūllum patrem habeō."

"Tē in monte reliquī, fīlia amāta. Causās habuī, sed nūllīus mōmentī nunc sunt quia tē tandem invēnī. Venī ut mēcum habitēs," ille vir dīxit.

Atalanta arcum suum fortiter dextrā manū cēpit. Cōnāta est arcum laevā tollere, fortasse ut arcū ūterētur, sed nōn poterat. Vir propius vēnit, et vir arcum Atalantae cēpit. Atalanta sōla erat sine potestāte sē dēfendendī. Hippomenēs virum capere cōnātus est, sed cūstōdēs eum cēpērunt et in turbam pepulērunt. Hippomenēs contrā virōs et fēminās cecidit, quī auxilium eī dedērunt ut iterum stāret.

Vir dīxit, "Pater tuus sum, Atalanta, et tē dēfendam. Hunc arcum nōn iam requīris."

Atalanta refugere cōnāta est, exclāmāns, "Ignōtus mihi es. Nūllum patrem habeō—tēcum nōn ībō."

Vir autem eam adhūc accessit, et multī hominēs in turbā erant. Difficile erat ambulāre in turbā, praesertim quia turba circulum circum Atalantam fēcerat. Hippomenēs virum tunicā rēgālī īnspexit. Vīdit idem ōs in vultū virī quod Atalantae erat, sed ōs illīus rīdēbat et ōs Atalantae plēnum īrae territae erat. Eratne ille pater eius? Hippomenēs audīvit fēminās in turbā susurrāre. Fēminae quoque vultūs similēs animadvertērunt.

Atalanta sē vertit in circulō, spectāns oculōs fēminārum et puellārum et susurrātiōnēs ubīque audiēns. Sē vertit ut illum virum spectāret.

Dīxit, "Nūllum patrem habeō. Potestātem nōn tenēs. Nōn potes rogāre ut tēcum eam. Fīlia tua nōn sum. Fīlia Diānae sum."

Vir respondit, "Ego sum rēx Iāsus, et illī cūstōdēs meī sunt quī tē cognōscunt et sciunt mē certē potestātem tenēre."

Atalanta cūstōdēs spectāvērunt. Nihil dīxērunt, sed rīserunt.

Iāsus addidit, dēmōnstrāns Atalantam turbae, "Spectāte, hominēs. Nōnne nōs vidēmur similēs? Nōnne vidētis Atalantam fīliam meam esse? Animadvertite nostrōs vultūs! Putō mē esse pulchrum, sed fīlia mea, quam pulchra est!"

Atalanta nōn respondit, sed turbam spectāvit quae eam īnspiciēbat. Hippomenae vidēbātur fierī mōns vulcānus in illō mōmentō brevī antequam **erūpit**.[86] Atalanta tremula erat, et Hippomenēs vīdit Atalantam fēcisse **pugnōs**[87]—et **pugnōs** vidērī sine colōre, sine sanguine.

Atalanta Iāsō iterum dīxit, "Fīlia Diānae sum. Nōlī offendere deam."

Iāsus respondit, "Maximās grātiās deae offerō quae fīliam meam cūrāvit, sed tempus iam est mātūrum patrī amantī. Virgō pulchra et clāra es, et merēs marītum bonum quem quoque tibi inveniam velut tē invēnī. Veniat glōria patris tuī tēcum."

Subitō, Atalanta magnā cum furōre sagittam ex pharetrā cēpit et Hippomenēs scīvit Atalantam velle pellere sagittam in corpus Iāsī velut sī sagitta esset culter, sed illa nōn potuit. Cūstōdēs inter virum et Atalantam cucurrērunt, brācchia eī cēpērunt, et pharetram plēnam sagittārum remōvērunt dum cum illīs sagittīs pugnābat.

---

[86] Erupted
[87] Fists

Capitulum XII

Pharetrā remōtā, Atalanta in tunicā suā in mediō circulō sōla stetit. Hippomenēs iterum in circulō cōnātus est intrāre ut eam iuvāret, sed ūnus cūstōdum iterum vultum eius pulsāvit. Hippomenēs vultum tetigit et in manū sibi sanguinem vīdit. **Sapor**[88] sanguinis ācer erat.

Atalanta nihil dīxit, sed in turbā vultūs fēminārum vīdit. Fēminae Atalantam cum suspīciōne semper spectāverant, sed eam cum eōdem dolōre animae iam spectābant. Atalanta etiam fīlia erat, etiam sine potestāte, etiam sine vōce, quoque sine optiōnibus. Oculīs dēmissīs fēminae saxa in viā spectāvērunt velut sī ferre vīsum Atalantae sine potestāte nōn poterant, sed scīvērunt sē adesse cum illā. Omnēs fēminae hunc eundem pudōrem sēnserant et hīc in mediā viā ante omnēs Atalanta illa hērōīna potestātem suam āmīserat.

Velut victor, Iāsus dīxit, "Venī, fīlia, domum eāmus. Nostra nāvis nōs exspectat."

Rēx Iāsus ad nāvem ambulāre incēpit, et manibus suīs Atalantam cūstōdibus dēmōnstrāvit, velut sī dīxisset cūstōdēs dēbēre ferre eam sī ipsa nōn secūta est. Cūstōdēs eam iterum accessērunt, sed Atalanta frontem contrahēns ad portum ambulāre incēpit. Hippomenēs scīvit Atalantam nōluisse īre ad nāvem, nec illūc ferrī. Cūstōdēs prope eam ambulābant ut eam caperet sī fugere cōnāta est. Rēx Iāsus dūcēbat.

Atalanta Hippomenēn in turbā animadvertit, et Hippomenēs in oculīs eius ārdentēs ignēs maximī furōris vīdit velut illī ignēs in oculīs magnī aprī. Hippomenēs horruit. Cūstōdēs Atalantam prope Hippomenēn

---

[88] Taste

dūxērunt. "Veniam. Prōmissum tibi faciō," Hippomenēs dīxit, sed nōn putāvit Atalantam eum audīvisse.

Hippomenēs Atalantam tergō rēctō sine arcū et pharetrā sagittārum plēnā ad nāvem ambulantem spectāvit. Ad nāvēs sequī incēpit ut ad patriam Atalantae statim nāvigāret, sed Meleager subitō exclāmāvit.

Hippomenēs sē vertit ut Meleagrum vidēret. Meleager vultum suum cēperat et ad genua in viā cecīderat. Omnēs in viā ab eō cum horrōre fūgerant, et Hippomenēs statim intellēxit cūr fūgissent. Meleager rārus, novus, et perīculōsus vidēbātur—fortiter micēre incēperat. Hippomenēs ad amīcum priōrem magnā cum dolōre clāmantem īvit.

"Quid est, Meleager?" Hippomenēs rogāvit.

"Māter mea," Meleager exclāmāvit, fūmō ex ōre sibi fluentī, "mē iam interficit, iam **lignum**[89] meum, signum vītae meae, in ignem iēcit."

Fūmō ex ōre eius vīsō, Hippomenēs iterum horruit. Dīxit, "Nōn intellegō. Māter tua nōn adest."

Meleager brācchium Hippomenae cēpit. Manus in brācchiō eī ārdēbat velut sī Hippomenēs rē ārdentī tāctus esset.

Multō fūmō ex ōre suō fluentī, Meleager dīxit, "Fāta mātrī dīxērunt mē victūrum esse usque dum **lignum** crēmētur... frātribus interfectīs, māter..."

Meleager **tussit**,[90] et Hippomenēs sonum ignis ārdentis ex ōre Meleagrō audīvit.

---

[89] Wood, log
[90] Coughed

Capitulum XII

Meleager cum difficultāte addidit, "...in ignem **lignum** certē iēcit. Ārdeō. Mē interficit."

Hippomenēs magnā horrōre afficiēbatur. Meleager rubor colōre erat, et sūdor in vultū fluēbat—et in fūmum mūtābatur quam celerrimē ex igne quī in Meleagrō ārdēbat. Meleager sē vertit ut Hippomenēn spectāret, et Hippomenēs tantā terrōre numquam in vītā suā affectus erat. In oculōs Meleagrī spectāvit, sed oculōs nōn vīdit— illī erant eōdem colōre ut ignis, micantēs rubōre ē quibus lacrimae nōn fluerent, sed tantum fūmus ēmersit.

Cum horrōre Hippomenēs ex amīcō priōre refūgit, et multō fūmō corpus Meleagrī mortuum ad viam cecidit et flammīs vērīs in viā ārdēbat. Omnēs in viā ā corpore Meleagrī fūgērunt. Sī omnia quae Meleager eī dīxerat vēra erant, rēgīna Althaea fīlium suum interfēcerat quia Meleager frātrēs eius interfēcerat etiamsī rēx Oenēus senior et oblīviōsus erat. Hippomenēs palātium spectāvit. Scīvit īram Diānae perditūram esse hanc patriam cuius rēx iam oblītus erat causae cūr Diāna īrāta esset. Diāna īrā rēgīnae ūsa est ut omnia hīc perderet.

"Aquam!" Hippomenēs exclāmāvit. "Aquam requīrō!"

Nēmō tamen cum aquā advēnit.

Sōlus in viā Hippomenēs portum spectāvit, et nāvem in marī vīdit. In mente finxit Atalantam captīvam in nāve, sine amīcīs, sine auxiliō, sine arcū et pharetrā, sine illā silvā quam amābat, sine potestāte ut vītam ageret. Misera futūra esset.

Hippomenēs corpus amīcī priōris ārdēns spectāvit et scīvit sē requīsītum esse dīcere rēgī Oenēō quid accidisset. Hippomenēs magnō cum dolōre mare et nāvem iterum spectāvit. Sequī statim nōn potuit.

Hippomenēs in mediā viā prope corpus ārdēns Meleagrī stetit. Omnia in hōc locō īrā perdita sunt, īrā Althaeae et īrā Diānae. Cōgitāvit dē illā īrā Achillis, quam stulta īra fuerat, quam superbus ille fuerat. Illam virginem nōn amāverat, sed illa sine potestāte serva Achillis facta erat. Dē glōriā et īrā Achillis canēbant illī poētae, sed nōn dēbuērunt. Subitō timuit nē Atalanta quoque serva factūra esset.

Palātium tamen spectāvit; oculī eī fūmō ex ārdentī Meleagrō doluērunt. Omnia rēgī celeriter nārrātūrus esset, et tum quam celerrimē discessūrus esset ut Atalantam iuvāret.

Hippomenēs passibus gravibus ad palātium rēgis ambulāre incēpit. Susurrāvit, "Cane, mūsa, in locō Achillis, cane dē furōre fēminārum quae ē rēbus iniūstīs iūstē fiunt saevae."

Capitulum XIII

Atalanta, Celeris Pede, *Tempōre Vēnātiōnis*

"*Et tegitur fēstā victrīx Atalanta corōnā.*" Ovidius, *Metamorphōsēs*, 10.598.

Atalanta in rīpā flūminis paene collāpsa erat ut aquam biberet. Hippomenēs quoque currere dēsīvit, sed sēdit. Atalanta bibere valdē volēbat. In templō cum tunicā suā madidā sūdōre surrēxerat—et in cursū quoque tunica eius madida sūdōre facta erat. Atalanta, autem, tōtum diem nōn biberat, nec putāvit sē heri bibisse aquam quia cēnam nōn ēderat. Sē habuit male. Aliquid heri biberat? Incerta erat. Atalanta altē ē flūmine aquam bibēbat, et **sapor**[91] aquae erat īdem ut dulcis **sapor** aquae in montibus ubī cum Diānā vīxerat puella. Plūs aquae voluit, sed scīvit sē bibere nimium nōn dēbēre.

Atalanta cūriōsa Hippomenēn tum spectāvit. Hippomenēs apud rīpam flūminis sēdit, spectāns folia in ventō micantia. Hippomenēs cum eā currere voluerat—eam dūcere voluit. Atalanta autem cōgitābat dē deā Diānā.

---

[91] Taste

Capitulum XIII

Sī virgō quam Diāna amāverat et cūrāverat uxor ducta esset, illa deae semper odiō esset. Atalanta nescīvit an causa īrae deae esset quia Diāna quoque potestātem nōn tenuit. Quid Diāna ipsa agere posset sī Iuppiter aliquam dēsīderāret? Virginēs suās dēfendere nōn potuerat. Velut sī Diāna quoque misera mortālis fuisset, nihil agere poterat.

Atalanta in rīpā sēdit, removēns sandalia sua ut pedēs in aquam pōneret. Pedēs eī dolēbant. Haec aqua frīgida erat eīs medicīna apta. Pedibus in aquam positīs, Atalanta respīrāvit. Hippomenēs eam spectāvit.

Hippomenēs secundum pōmum ex **sinū**[92] in tunicā cēpit. Rogāvit, "Vīsne secundum? Tria tulī."

Pōmum eī super flūmen extendit, et Atalanta id accēpit. Hoc secundum pōmum īnspexit. Eōdem colōre aureō cum rubōre pūniceō erat. Atalanta rīsit. Edere, tardius prīmō, coepit. **Sapor**[93] optimum erat. Atalanta animadvertit Hippomenēn pōmum nōn edere.

"Nōnne tū pōmum vīs sī tria tulistī?" Atalanta eum rogāvit.

"Edēre nōlō," Hippomenēs respondit.

Multae avēs in silvā canere coeperant, et silva plēna mūsicae erat. Atalanta pōmum ēdit audiēns avēs pulchrē canentēs et aquam in flūmine fluentem. Pōmō ēsō, Atalanta **sēmina**[94] pōmī in silvam iēcit. Atalanta lavāre manūs suās in flūmine coepit, sed subitō tantō dolōre affecta est ut flēre vellet. Hanc quiētem et tranquillitātem nōn meruit.

---

[92] Pocket, fold
[93] Taste
[94] Seeds

Hippomenēs eam cum cūrā spectābat, sed nihil dīxit. Exspectāvit usque dum Atalanta omnia nārrāre parāta est.

Manibus ex aquā remōtīs, Atalantā tandem dīxit, "Interficere illōs virōs nōn poteram. Affecta sum tantā īrā ut putāvissem mē interfectūram esse omnēs. Poenās merent et putāvī illōs certē mortem meruisse; poenam autem eīs dare nōn poteram."

Hippomenēs respondit, "Atalanta, hērōīna es, **virāgō**[95] vēra. Quālis hērōīna essēs sī hōs virōs interficerēs? Nōnne homicīda essēs, etiamsī illī horribilēs sunt? Mortālis es, nōn Fūria, et illae sunt quae fātum et mortem ēligant."

Atalanta aquam spectāvit et imāginem suam vīdit. Hērōīnam nōn vīdit. Respondit, "Sed hoc facere voluī. In mente hoc finxī."

Hippomenēs capiēns aquam manibus et tollēns eam ad ōs suum paulum bibit. Tandem dīxit, "Nōs omnēs furōre affectī sunt, et magnam causam habēs—maximam causam. Sine dubiō īrā affecta es. Cōgitāre et esse īrāta et clāmāre et vulnerāre et interficere, illa nōn sunt eadem. Tū nēminem interfēcistī. Mortālis es, nōn Fūria immortālis."

Atalanta paulum rīsit, sed eī nōn explicāvit sē in mente finxisse ipsam factam esse quārtam Fūriam. Silentium tranquillum inter Atalantam et Hippomenēn extendēbātur dum sedēbant et avēs canentēs audiēbant. Pedēs Atalantae frīgidī in aquā factī sunt, sed eōs ex aquā nōn remōvit. Atalanta Hippomenēn spectāvit et cor eī celerius pulsāvit. Scīre plūs voluit etiamsī hoc paulum timuit.

---

[95] Female warrior; heroic woman

Capitulum XIII

Atalanta celeriter rogāvit, "Cūr mēcum currere voluistī?"

Hippomenēs Atalantam spectāvit et tum ērubuit. Vultus eius rubōre mūtātus est. Dīxit, "Em, spērāvī tē fortasse scīre et hoc sēnsisse..." Flūmen tum spectāvit.

Atalanta quoque iam ērubuit. Scīvit, sed omnia nescīvit. Hoc nōn intellēxit. Cōnfūsa respondit, "Em, minimē, bene, sīc..."

Atalanta sēnsit vultum sibi ārdēre. Submergere tōtum caput in flūmen aut ēvānēscere in cālīginem voluit. Nōnne deī fīliōs suōs in cālīginibus cēlāverant? Ānxietās cor celeriter pulsābat, et ipsa sonum cordis in auribus audīvit. Atalanta respīrāvit. Hērōēs hanc difficultātem numquam habēbant.

Hippomenēs cōnfūsus quoque rogāvit, "Quid?"

Atalanta dubitāvit. Illa nōn erat aliqua stulta fēmina quae nōn poterat dīcere quod voluit. Invēnit aliquid virtūtis et tranquillitātis in animā suā. Simpliciter rogāvit, "Voluistī mēcum currere, et sine dubiō intellegis quid hoc mihi significet. Ego autem hoc nōn intellegō. Cūr mē uxōrem velīs?"

Hippomenēs manūs suās in aquam posuit ut biberet. Caelum tum spectāvit. Nihil diū dīcēbat. Ā caelō sē vertit ut Atalantam vidēret. Oculī eius clārī erant.

Hippomenēs tandem respondit, "Vēnātrīx optima es, et putō vēnārī tēcum mē dēlectātūrum esse. Similēs sumus, et uxōrem velim quae amīca quoque sit. Bene, certē pulchra es, et maiōris mōmentī, hērōīna es. Mē dēlectat tēcum loquī. Tū fortissimus homō es quem cognōvī. Celeris pede es, et tēcum mē dēlectat currere."

Atalanta aquam manibus iam cēpit, et sūdōrem ē vultū lāvit. Nescīvit quid amor esset. Silvam amābat, certē, et illās arborēs et vēnātiōnēs et noctēs sub caelō lūnā super silvam micantī amābat. Amāre hominem, autem, incertum vidēbātur. Cum Atalanta cum Argonautīs nāvigāvisset, saepius sōla erat, et nūllus Argonautārum eī vīsus est aptus vir quem Atalanta amāre potuisset. Hērōēs erant, et omnēs aliae fēminae eōs dēsīderābant—sed Atalanta eōs numquam dēsīderāverat.

Atalanta in mente fingere cōnāta est sē in silvā cum Hippomenē currentem et vēnantem. Atalanta spectāvit Hippomenēn quī eam rīsit. Atalanta scīverat oculōs eius pulchrōs esse, sed vultus quoque et fōrma crūrum eius pulchra erant. Ānxietāte affecta, caelum inter rāmōs arborum celeriter spectāvit. Sōl clārus et fortis erat. Aliquid cor eius pulsābat quam celerrimē, sed ipsa iam sedēbat, nōn currēbat. Atalanta nesciēbat utrum hoc amor esset. Diāna amōrem eī nōn explicāverat. Hippomenēs plūs quam amīcus erat, sed Atalanta nescīvit an eum amāret, an aliquem amāre posset, an aliquis eam amāre dēbēret.

Hippomenēs in summīs auribus paulum ērubēscēns addidit, "Sī tū uxor mea facta eris et vītam tuam mēcum ēgeris, fortūnam tenēbō quam numquam in mente fingere potuī."

Atalanta respondit, adhūc spectāns caelum, "Ego tam fessa sum īrā meā. Nihil in animā, nec corpore, nec corde iam habeō. Ut putō, nihil mihi habeō, nec alicui quī uxōrem velit."

Hippomenēs surrexit et respondit, "Sī nihil etiam tibi habēs, hoc est quia nōn iam lībera es, quod mihi dolet. Sī

Capitulum XIII

mātrimōnium in nōmine vīs ut ē domō patris fugiās, tē iuvāre possum."

Atalanta erat tam attonita ut nōn respondēret. Aperuit ōs ut respondēret, sed nihil dīxit. Cōnāta est iterum, sed nihil iterum dīxit. Atalanta sēnsit sē vidērī velut piscem ex aquā, tremulam in terrā et cōnantem spīrāre.

Atalanta tandem rogāvit, "Cūr hoc agās?"

Hippomenēs paulum trīste rīsit. Dīxit, "Tē nimium admīror ut tē captīvam vidēre voluerim. Ego sum attonitus quod plūrēs virī nōn vēnērunt ut tē iuvārent. Ubī sunt Iāsōn et illī Argonautae?"

Atalanta Hippomenēn spectāvit. Voluit clāmāre, *pār illīs numquam eram, virgō sum, hērōēs virginēs ā patribus suīs nōn capiunt*, sed nihil dīxit. Nescīvit quis hic vir oculīs colōribus silvae mixtīs esset, hic vir quī haec nōn intellegeret.

Hippomenēs ad caelum brācchia sua extendit, et Atalanta longās līneās corporis extendentis īnspexit. Atalanta subitō ērubēscēns sandalia in pedēs celeriter posuit. Surrexit et trāns flūmen salīvit. Crūra doluērunt, sed horribile nōn erat.

Atalanta rogāvit, "Esne parātus?"

Hippomenēs rīsit et respondit, "Certē sum. Eāmus." Viam illae dēmōnstrāvit, et Atalanta currere coepit, Hippomenē sequentī.

In tranquillō silentiō diū currēbant. Pedēs Atalantae dolēbant, itaque passūs eius tardī erant. Cum Atalanta dolōre crūribus affecta sit, crūra eius tamen currendō gaudēbant. Extendere crūra tardē currendō eam valdē dēlectābat. Dolor et magnus et dulcis erat.

Atalanta animadvertit sē accēdere silvae finem, et finem cursūs vīdit. Atalanta Hippomenēn currentem et rīdentem spectāvit. Atalanta scīvit eius passum facilem et tardum nōn celerius fierī. Sī Atalanta vincere cursū voluit, potuit etiamsī tōtum corpus eī dolēret. Hippomenēs, ut dīxerat, optiōnem eī dederat—duās optiōnēs, duās vītās.

Atalanta subitō silentium frēgit. Rogāvit, "Dīxistī tē tria pōma habēre. Cūr tria tulistī?"

Hippomenēs respondit, "Dōna tibi sunt, ut mē memoriā teneās."

Atalanta cōgitāvit *pōma ut mē memoriā teneās*. Illa dōna erant quae ipsa edere poterat—itaque dōna perpetua esse nōn possent, velut vīta ipsa aeternālis nōn erat. Pōma in fortitūdinem eius mūtārentur. Memoriae quoque mūtārī poterant, aut āmissae. Velut sī Atalanta ipsa iam mūtāta esset, omnia mūtābantur, et dolor et gaudium. Sōlum mōmentum in vītā quam tenuit erat hoc in quō nunc vīvēbat. Vīta brevis erat et currēbat tam celeriter quam avis per āerem volat. Fīnem huius mōmentī autem nōluit.

Atalanta memoriā illud mōmentum tenuit cum prope arborem plēnam pōmōrum ūnā steterant et Atalantam bracchium Hippomenae tetigerat. Cum eum tetigerat, tōtum corpus eī ānxietāte dolōrōsā sed gaudiō quoque pulchrō micābat. Attonita fuerat oculīs viridibus mixtīs cum colōre truncī arboris et illā aureā lūce currentī per oculōs eius. Amor cor eius quam celerrimē pulsāre coeperat, et vēnātiōnis et magnī aprī oblīta erat usque dum aper grunniēns ad aliōs virōs cucurrerat et hominēs morī coeperant. Hippomenēs tria pōma perfecta invēnerat—

Capitulum XIII

aurea cum rubōre pūniceō quae Atalanta ipsa eī dēmōnstrāverat.

Atalanta verba ōrāculī iterum audīvit: *Mūtāberis mātrimōniō*. Atalanta iam mūtāta erat. Nōn omnēs mūtātiōnēs malae erant. Atalanta gravitātem īrae suae et dēfatīgātiōnis sēnsit, sed aliquid novum quoque.

Rogāvit, "Illud tertium mihi dēs?"

Hippomenēs rīdēns tertium pōmum—hoc quoque perfectum—ē **sinū**[96] et adhūc currēns ad eam iēcit. Atalanta pōmum manū cēpit, admīrāns lūcem auream pōmī et rubōrem pūniceum quī dēmōnstrāvit pōmum mātūrum esse. Atalanta nōn iam cucurrit, sed pōmum mīrāta est, memoriā tenēns Hippomenēn in aliā silvā cum tempus significātiōnem āmīserat.

Hippomenēs passum suum mūtāvit sē vertēns ut Atalantam spectāret. Cōnfūsus rogāvit, "Atalanta?"

Atalanta viridēs et brunneōs oculōs Hippomenae aureā lūce micantēs spectāvit et paene nihil dīcere poterat. Inexpectātā cognitiōne paene exanimāta erat, sed dīxit, "Curre, curre, et sequar." Vītam cum Hippomenē in mente fingere potuerat, nōn sōlum ut fugeret ā patre sed etiam ut cum amīcō—cum marītō—vīveret.

Vultus cōnfūsus Hippomenae in gaudium mūtāvit. Ille rīsit et vidēbātur illī velut sī sōl ipse cum gaudiō in vultū eius ārdēret. Hippomenēs ante eam cucurrit—nōn celerius, sed tamen Atalanta eum secūta est.

Atalanta pulcherrimum pōmum aureum īnspexit, illud signum mūtātiōnis, amōris, et futūrī incertī. Agere vītam suam cum Hippomenē in variīs silvīs voluit. Lībertātem

---

[96] Pocket, fold

quoque voluit, sed Atalanta in mente numquam finxerat sē posse invenīre aliquem quōcum vītam ageret—vēnātūrī essent et cursūrī essent—omnia quae eam dēlectābant, eum quoque dēlectābant—quī Atalantae honōrem et admīrātiōnem et auxilium offerēbat.

Atalanta Hippomenēn sequēns patrem sōlum in fīne cursūs vīdit ubī ille eōs exspectābat. Atalanta vexātiōne affecta est quia scīvit patrem dictūrum esse dē certāmine omnia quae nārrāre volēbat. Rēx Iāsus volēbat nārrāre fābulam fīliae—illae virginis īnsānae et superbae quae hērōīna fuerat. Dictūrus esset Atalantam virōs interfēcisse sed ā Hippomenē celeriōre tandem vīctam esse quia fīlia stulta et superba pōmum aureum cēpisset. Atalanta scīverat virōs cum potestāte fābulās semper fingere, praesertim illās dē fēminīs fābulās. Fābula patris esset.

Atalanta tergum Hippomenae spectāvit. Spērāvit tamen omnēs hominēs memoriā tentūrōs esse omnia quae ipsa ēgerat antequam pater eam cēperat—ante istud certāmen horrificum. Atalanta hērōīna fuerat—et erat, scīvit sē hanc vēritātem merēre. Iāsus fābulam suam fingere posset. Atalanta vītam suam āctūra esset.

Dictionary

A note on using this dictionary:
The dictionary provides the full dictionary entry for the word. In addition to providing the dictionary entry and definition, the frequency in which the word generally appears in Latin literature is provided. The Dickinson Core Vocabulary and *Essential Latin Vocabulary* were used in creating the frequency rating.

When a number appears, the Dickinson Core Vocabulary, which is a list of 1000 words, was used. The abbreviation ELV indicates when a word did not appear in the Dickinson list but appears on the list in *Essential Latin Vocabulary*. *Essential Latin Vocabulary*'s list is 1,425 words, so presumably the word appears in approximately the last 425 words. A blank indicates that the word infrequently occurs in Latin literature.

Words in **bold** are glossed vocabulary words. I consider the words in *italics* to be clear cognates. Irregular comparative and superlative adjectives appear with their positive form, e.g., multus, plūs, plūrimus.

Latin	English	DCC/ELV
Ā, ab	Away; by	21
Abdōmen, abdōminis, n.	Abdomen	
Absens, absentis	Absent	
Abundantia, abundantiae, f.	Abundance	
Accēdō, accēdere, accēsī, accessus	Approach	614
Accidō, accidere, accīdī	Happen	799
Accipiō, accipere, accēpī, acceptus	Accept, receive	110

Dictionary

Latin	English	DCC/ELV
Ācer, ācris, ācre	Sharp, keen	587
Achillēs, Achillis, m.	Achilles, *a famous hero*	
Ad	To, toward, at	14
Addō, addere, addidī, additus	Add; give to	433
Adhūc	Still	379
Admīrātiō, admīrātiōnis, f.	Admiration	
Admīror, admīrārī, admīrātus sum	Admire	
Adsum, adesse, adfuī, adfutūrus	Be present	279
Adultus, adulta, adultum	Adult	
Adveniō, advenīre, advēnī, adventus	Come to, arrive	987
Āēr, āeris, m.	Air	845
Aes, aeris, n.	Bronze, copper	744
Aeternālis, aeternāle	Eternal	
Aetōlia, Aetōliae, f.	Aetolia, *a Greek province*	
Afficiō, afficere, affēcī, affectus	Affect	958
Ager, agrī, m.	Field	324
Agitō, agitāre, agitāvī, agitātus	Agitate	578
Agō, agere, ēgī, actus	Do, drive, act	69
Althaea, Althaeae, f.	Althaea, *Meleager's mother*	
Aliquis, aliquid	Someone, something	
Alius, alia, aliud	Another, other	37
Altus, alta, altum	Tall, high, lofty; deep	159
Ambulō, ambulāre, ambulāvī, ambulātus	Walk	ELV
Amīca, amīcae, f.; amīcus, amīcī, m.	Friend	198

Latin	Dictionary English	DCC/ELV
Āmittō, āmittere, āmīsī, āmissus	Send away, let go; lose	486
Amō, amāre, amāvī, amātus	Love	219
Amor, amōris, m.	Love	116
Amphidamas, Amphidamantis, m.	Amphidamas, Hippomenes' father	
An	Whether, or	94
Anima, animae, f.	Spirit, soul	493
Animadvertō, animadvertere, animadvertī, animadversus	Notice	
Animal, animālis, n.	Animal	547
Ante	Before	112
Antequam	Before	787
Ānxietās, ānxietātis, f.	Anxiety	
Ānxius, ānxia, ānxium	Anxious	ELV
Aper, aprī, m.	Boar	
Aperiō, aperīre, aperuī, apertus	Open	837
Aptus, apta, aptum	Apt, suitable	
Apud	At, among	205
Aqua, aquae, f.	Water	272
Arbor, arboris, f.	Tree	468
Arcadia, Arcadiae, f.	Arcadia, *a Greek province*	
Arcus, arcūs, m.	Bow	ELV
Ārdeō, ārdēre, ārsī, ārsus	Burn, blaze	618
Ārea, āreae, f.	Area	
Argō, Argūs, f.	Argo, *the ship of the Argonauts*	
Argonauta, Argonautae, m.	Argonaut, a hero	
Argūmentum, argūmentī, n.	Argument	

Dictionary

Latin	English	DCC/ELV
Assātus, assāta, assātum	Roasted	
Atalanta, Atalantae, f.	Atalanta, *a heroine and Argonaut*	
Attonitus, attonita, attonitum	Astonished	
Audiō, audīre, audīvī, audītus	Hear	165
Aula, aulae, f.	Hall, wing	
Aurēus, aurēa, aurēum	Golden	691
Auris, auris, f.	Ear	366
Aurum, aurī, n.	Gold	303
Aut	Or	24
Autem	However, moreover	123
Auxilium, auxiliī, n.	Help, support	543
Avis, avis, f.	Bird	ELV
Avunculus, avunculī, m.	Maternal uncle	
Bāsium, bāsiī, n.	Kiss	
Bellum, bellī, n.	War	86
Beneficium, beneficiī, n.	Benefit, service, kindness	182
Benignus, benigna, benignum	Kind	ELV
Bibō, bibere, bibī, bibitus	Drink	ELV
Bonus, bona, bonum (melior, comp.; optimus, sup.)	Good	
Brācchium, brācchiī, n.	Arm	
Brevis, breve; breviter	Brief, short; briefly	589
Brunneus, brunnea, brunneum	Brown	
Cadō, cadere, cecidī, cāsus	Be killed, fall	210
Caelum, caelī, n.	Sky, heaven	117
Calamitās, calamitātis, f.	Calamity, disaster	

Dictionary

Latin	English	DCC/ELV
Calcō, calcāre, calcāvī, calcātus	Kick	
Cālīgō, cālīginis, f.	Forg, mist	
Calydōn, Calydōnis, f.	Calydon, a town in Aetolia	
Calydōnius, Calydōnia, Calydōnium	Calydonian	
Canis, canis, m./f.	Dog	687
Canō, canere, cecinī, cantus	Sing	389
Capillus, capillī, m.	Hair	ELV
Capiō, capere, cēpī, captus	Take, seize	131
Captīva, captīvae, f.; captīvus, captīvī, m.	Captive	ELV
Captīvitās, captīvitātis, f.	Captivity	
Caput, capitis, n.	Head	124
Carōta, carōtae, f.	Carrot	
Catta, cattae, f.	Cat	
Causa, causae, f.	Cause, reason	107
Cavea, caveae, f.	Cage, cave	
Celebrō, celebrāre, celebrāvī, celebrātus	Celebrate	893
Celer, celeris, celere	Swift, fast	745
Cēlō, cēlāre, cēlāvī, cēlātus	Hide	ELV
Cēna, cēnae, f.	Dinner	ELV
Cēnō, cēnāre, cēnāvī, cēnātus	Dine	
Centaurus, centaurī, m.	Centaur	
Certāmen, certāminis, n.	Competition	
Certus, certa, certum	Sure, fixed, certain	285
Cerva, cervae, f.	Deer, doe	
Chīron, Chīrōnis, m.	Chiron, *a famouse, wise, centaur*	

Dictionary

Latin	English	DCC/ELV
Cinnamōmum, cinnamōmī, n.	Cinnamon	
Circulus, circulī, m.	Circle	
Circum	Around	ELV
Clāmō, clāmāre, clāmāvī, clāmātus	Shout	ELV
Clāmor, clāmōris, m.	Clamor, shout, outcry	605
Clārus, clāra, clārum	Famous, clear	395
Claudō, claudere, clausī, clausus	Close, shut	392
Coepiō, coepī, coeptus	Begin	312
Cōgitātiō, cōgitātiōnis, f.	Thought	ELV
Cōgitō, cōgitāre, cōgitāvī, cōgitātus	Think	515
Cognitiō, cognitiōnis, f.	Recognition	
Cognōscō, cognōscere, cognōvī, cognitus	Know, learn, recognition	339
Collābor, collābī, collāpsus sum	Collapse, slip	
Colligō, colligere, collēgī, collēctus	Collect, gather	820
Collum, collī, n.	Neck	ELV
Color, colōris, m.	Color	725
Colōrātus, colōrāta, colōrātum	Tinged, imbued, colored	
Columna, columnae, f.	Column	
Commercium, commerciī, n.	Commerce, trade	
Committō, committere, commīsī, commissus	Commit, join	608
Competītor, competītōris, m.	Competitor	
Competō, competere, competīvī, competītus	Compete	
Cōnferō, cōnferre, contulī, collātus	Confer	

Latin	Dictionary English	DCC/ELV
Cōnfidentia, cōnfidentiae, f.	Confidence	645
Cōnfūsiō, cōnfūsiōnis, f.	Confusion	
Cōnfūsus, cōnfūsa, cōnfūsum	Confused	
Cōnor, cōnārī, cōnātus sum	Try, attempt	905
Cōnservō, cōnservāre, cōnservāvī, cōnservātus	Conserve, preserve	
Cōnsilium, cōnsiliī, n.	Plan	217
Contemptiō, contemptiōnis, f.	Contempt	
Contrā	Against	271
Contrahō, contrahere, contrāxī, contractus	Draw, bring together; with frōntem, frown	
Cor, cordis, n.	Heart	795
Corōna, corōnae, f.	Crown	ELV
Corpus, corporis, n.	Body	75
Corrium, corriī, n.	Bark	
Crās	Tomorrow	ELV
Crēdō, crēdere, credidī, creditus	Believe, trust	109
Cremō, cremāre, cremāvī, cremātus	Cremate, burn	
Creō, creāre, creāvī, creātus	Create	978
Crīmen, crīminis, n.	Crime	475
Crūs, crūris, n.	Leg	
Cubiculum, cubiculī, n.	Bedroom, room	
Culter, cultrī, m.	Knife	
Cum	With, when, since, although	10
Cūr	Why	404
Cūra, cūrae, f.	Care, concern	186
Cūriōsitās, cūriōsitātis, f.	Curiosity	

Dictionary

Latin	English	DCC/ELV
Cūriōsus, cūriōsa, cūriōsum	Curious	
Cūrō, cūrāre, cūrāvī, cūrātus	Care for, look after	743
Currō, currere, cucurrī, cursus	Run	562
Cursus, cursūs, m.	Course	351
Curvātus, curvāta, curvātum	Curved	
Cūstos, cūstōdis, m.	Guard	622
Daphnē, Daphnēs, f.	Daphne, *a nymph turned into a tree*	
Dē	About, downfrom	46
Dea, deae, f.; deus, deī, m.	Goddess; god	
Dēbeō, dēbēre, dēbuī, dēbitus	Should, ought to	155
Decet, decēre, decuit	It is right, proper	718
Dēfatīgātiō, dēfātīgātiōnis, f.	Fatigue, exhaustion	
Dēfendō, dēfendere, dēfendī, dēfensus	Defend	653
Dēlectō, dēlectāre, dēlectāvī, dēlectātus	Delight, like	
Dēmittō, dēmittere, dēmīsī, dēmissus	Lower, hang down, put down	
Dēmōnstrō, dēmōnstrāre, dēmōnstrāvī, dēmōnstrātus	Show, demonstrate	
Dēns, dentis, m.	Tooth, tusk	
Dēnsus, dēnsa, dēnsum	Dense	ELV
Dēsīderō, dēsīderāre, dēsīderāvī, dēsīderātus	Desire	892
Dēsinō, dēsinere, dēsīvī, dēsitus	Stop, cease	624
Dēspērātiō, dēspērātiōnis, f.	Desperation	
Dēvorō, dēvorāre, dēvorāvī, dēvorātus	Devour	
Dexter, dextra, dextrum	Right	260

Latin	Dictionary English	DCC/ELV
Diāna, Diānae, f.	Diana, *goddess of the hunt*	
Dīcō, dīcere, dīxī, dictus	Say, tell	33
Diēs, diēī, m/f.	Day	54
Difficilis, difficile	Difficult	861
Difficultās, difficultātis, f.	Difficulty	
Discēdō, discēdere, discessī, discessus	Leave, depart	726
Discipulus, discipulī, m.	Student	
Distractus, distracta, distractum	Distracted	
Diū	For a long time	361
Dīvidō, dīvidere, dīvīsī, dīvīsus	Divide	628
Dīvīnus, dīvīna, dīvīnum	Divine	
Dō, dare, dedī, datus	Give	28
Doleō, dolēre, doluī, dolitus	Feel pain, grieve	785
Dolor, dolōris, m.	Pain, grief	193
Dolōrōsus, dolōrōsa, dolōrōsum	Painful	
Domus, domī, f.	Home	73
Dōnum, dōnī, n.	Gift	476
Dormiō, dormīre, dormīvī, dormītus	Sleep	975
Dubitō, dubitāre, dubitāvī, dubitātus	Hesitate, doubt	521
Dubium, dubiī, n.	Doubt	
Dūcō, dūcere, dūxī, ductus	Lead; *with uxōrem*, marry	133
Dulcis, dulce	Sweet	383
Dum	While, until, provided that	103
Duo, duae, duo	Two	221

Dictionary

Latin	English	DCC/ELV
Ē, ex	Out of, from	26
Ēbrius, ēbria, ēbrium	Drunk	
Ebur, eboris, n.	Ivory	
Ecce	Behold! Look!	643
Edō, edere, ēdī, ēsus	Eat	ELV
Ēdūcō, ēdūcāre, ēdūcāvī, ēducātus	Educate	
Ego, meī, mihi, mē, mē	I, me	11
Ēligō, ēligere, ēlēgī, ēlectus	Choose	942
Ēmergō, ēmergere, ēmersī, ēmersus	Emerge	
Enim	For, indeed	57
Eō, īre, īvī, ītus	Go	97
Error, errōris, m.	Error, mistake	832
Ērubēscō, ērubēscere, ērubuī	Blush, redden	
Ērumpō, ērumpere, ērūpī, ēruptum	Erupt	
Et	And	1
Etiam	Even, also	67
Etiamsī	Even if	ELV
Ēvānēscō, ēvānēscere, ēvānuī	Vanish	
Exanimō, exanimāre, exanimāvī, exanimātus	Exhausted, out of breath	
Exclāmātiō, exclāmātiōnis, f.	Exclamation, shout	
Exclāmō, exclāmāre, exclāmāvī, exclāmātus	Exclaim, shout	
Exercitātiō, exercitātiōnis, f.	Exercise	
Exhaustus, exhausta, exhaustum	Exhausted	
Experientia, experientiae, f.	Experience	

Latin	Dictionary English	DCC/ELV
Explicō, explicāre, explicāvī, explicātus	Explain, explicate	
Explōrō, explōrāre, explōrāvī, explōrātus	Explore	
Exspectō, exspectāre, exspectāvī, exspectātus	Watch, wait for, expect	
Extendō, extendere, extendī, extēnsus	Extend, stretch	
Extinguō, extinguere, extīnxī, extīnctus	Extinguish, put out	
Fābula, fābulae, f.	Story	966
Faciēs, faciēī, f.	Face	479
Facilis, facile	Easy	451
Faciō, facere, fēcī, factus	Make, do	32
Factum, factī, n.	Deed	611
Fāma, fāmae, f.	Fame, rumor	278
Familia, familiae, f.	Family	943
Fātum, fātī, n.	Fate	157
Fēmina, fēminae, f.	Woman	501
Fenestra, fenestrae, f.	Window	
Ferō, ferre, tulī, lātus	Bear, carry, endure	45
Ferōcitās, ferōcitātis, f.	Ferocity	
Ferōx, ferōcis	Fierce	
Fessus, fessa, fessum	Tired, weary, exhausted	625
Fīlia, fīliae, f.; fīlius, fīliī, m.	Daughter; son	909
Fīlum, fīlī, n.	String	
Fingō, fingere, fīnxī, fictus	Imagine	721
Fīnis, fīnis, m./f.	End	236
Fīō, fierī, factus sum	Become	146
Firmus, firma, firmum	Firm, fixed	

Dictionary

Latin	English	DCC/ELV
Fīxus, fīxa, fīxum	Fixed	
Flamma, flammae, f.	Flame, fire	298
Fleō, flēre, flēvī, flētus	Weep, grieve	457
Flūmen, flūminis, n.	River, stream	283
Fluō, fluere, flūxī, flūxus	Flow	772
Fodiō, fodere, fōdī, fossus	Stab	
Folium, foliī, n.	Leaf	
Fōrma, fōrmae, f.	Form, shape	
Fortasse	Maybe, perhaps	833
Fortis, forte; fortiter	Strong, brave; strongly, bravely	286
Fortitūdō, fortitūdinis, f.	Fortitude, strength	
Fortūna, fortūnae, f.	Fortune	138
Fortūnātus, fortūnāta, fortūnātum	Fortunate	
Frangō, frangere, frēgī, frāctus	Break	345
Frāter, frātris, m.	Brother	225
Frīgidus, frīgida, frīgidum	Frigid, cold	
Frons, frontis, f.	Forehead; *with* contrahō, frown	559
Frūmentum, frūmentī, n.	Grain	936
Fugiō, fugere, fūgī, fugitus	Flee, escape	177
Fūmus, fūmī, m.	Smoke	
Fūnus, fūneris, N	Funeral	524
Fūria, Fūriae, f.	The Fates	
Furor, furōris, m.	Rage, fury	466
Futūrum, futūrī, n.	Future	
Gaudeō, gaudēre, gavīsus sum	Rejoice	407

Dictionary

Latin	English	DCC/ELV
Gaudium, gaudiī, n.	Joy, delight	727
Geminātus, gemināta, geminātum	Twinned, doubled	
Gemma, gemmae, f.	Gem	
Gener, generī, m.	Son-in-law	
Genū, genūs, n.	Knee	
Gerō, gerere, gessī, gestus	Wear, manage; *with bellum*, wage war	237
Glōria, glōriae, f.	Glory	360
Grātia, grātiae, f.	Thanks, gratitude	380
Gravis, grave; graviter	Heavy, serious; seriously, heavily	140
Gravitās, gravitātis, f.	Seriousness; gravity	
Grex, gregis, f.	Group	ELV
Habeō, habēre, habuī, habitus	Have	39
Habitō, habitāre, habitāvī, habitātus	Live	ELV
Hasta, hastae, f.	Spear	
Hērōina, hērōinae, f.	Heroine	
Hēros, hērōis, m.	Hero	
Hīc	Here	803
Hic, haec, hoc	This, these	7
Hippomenēs, Hippomenae, m.	Hippomenes, *a prince*	
Historia, historiae, f.	History	
Homicīda, homicīdae, m./f.	Murderer	
Homicīdium, homicīdiī, n.	Murder	
Homō, hominis, m.	Human	88
Honor, honōris, m.	Honor, glory	290
Honōrābilis, honōrābile	Honorable	

Dictionary

Latin	English	DCC/ELV
Hōra, hōrae, f.	Hour	664
Horrēscō, horrēscere, horruī	Shudder, become terrified	
Horribilis, horribile	Horrible	
Horrificus, horrifica, horrificum	Horrific	
Horror, horrōris, m.	Horror	
Hūc	To this place	368
Iaciō, iacere, iēcī, iāctus	Throw, hurl	899
Iam; iamiam	Now, already; *emphasized*, iamiam	
Ianua, ianuae, f.	Door	
Iāson, Iāsonis, m.	Jason, *a hero and Argonaut*	
Iāsus, Iāsī, m.	Jasus, *Atalanta's father*	
Ibi	There	619
Īdem, eadem, idem	The same	59
Ignis, ignis, m.	Fire	151
Ignōrō, ignōrāre, ignōrāvī, ignōrātus	Ignore	
Ignōscō, ignōscere, ignōvī, ignōtus	Forgive	
Ignōtus, ignōta, ignōtum	Unknown	ELV
Ille, illa, illud	That, those	8
Illīc	At that place, there	396
Illūc	To that place	955
Imāgō, imāginis, f.	Image, form, figure	754
Immortālis, immortāle	Immortal	
Impatiēns, impatientis	Impatient	
In	in, on; into, onto	5

Latin	Dictionary English	DCC/ELV
Incertus, incerta, incertum	Uncertain	ELV
Incipiō, incipere, incēpī, inceptus	Begin	411
Inexpectātus, inexpectāta, inexpectāta	Unexpected	
Infāns, infāntis, m./f.	Infant, baby	
Ingenium, ingeniī, n.	Talent, skill	387
Inhūmānus, inhūmāna, inhūmānum	Inhumane	
Initium, initiī, n.	Beginning	865
Iniūstus, iniūsta, iniūstum	Unjust	
Inquiētus, inquiēta, inquiētum	Unquiet, restless	
Īnsānus, īnsāna, īnsānum	Insane	
Īnspiciō, īnspicere, īnspexī, īnspectus	Inspect	
Intellegō, intellegere, intellēxī, intellectus	Understand	
Intēnsus, intēnsa, intēnsum	Intense	
Inter	Between	64
Interficiō, interficere, interfēcī, interfectus	Kill	699
Interrogātiō, interrogātiōnis, f.	Question	
Interrumpō, interrumpere, interrūpī, interruptus	Interrumpt	
Intersum, interesse, interfuī, interfutūrus	Interest	760
Interveniō, intervenīre, intervēnī, interventus	Intervene	
Intrō, intrāre, intrāvī, intrātus	Enter	
Inveniō, invenīre, invēnī, inventus	Find, discover	316
Invitō, invitāre, invitāvī, invitātus	Invite	ELV

Dictionary

Latin	English	DCC/ELV
Iocus, iocī, m.	Joke	
Ipse, ipsa, ipsum	Himself, herself, itself	22
Īra, īrae, f.	Anger	187
Īrātus, īrāta, īrātum	Angry	809
Is, ea, id	He, she, it	13
Iste, ista, istud	That, that of yours	81
Ita	Thus, so	120
Itaque	And so, therefore	208
Iter, itineris, n.	Journey, route	230
Iterum	Again	758
Iubeō, iubēre, iūssī, iussus	Order	84
Iuppiter, Iovis, m.	Juppiter, *god of the sky*	
Iūstus, iūsta, iūstum	Just	770
Iuvenis, iuvenis, m.	Youth	277
Iuvō, iuvāre, iūvī, iūtus	Help, assist	390
Lacrima, lacrimae, f.	Tear	354
Laevus, laeva, laevum	Left	
Laniō, laniāre, laniāvī, laniātus	To tear to pieces	
Latrō, lātrāre, lātrāvī, lātrātus	Bark	
Lavō, lavāre, lāvī, lavātus	Wash	
Lectus, lectī, m.	Bed, couch	
Lēx, lēgis, f.	Law	264
Līber, lībera, līberum	Free	229
Lībertās, lībertātis, f.	Liberty	495
Licet, licēre, licuit, licitum est	It is permitted	175
Lignum, lignī, n.	Wood, log	

Latin	Dictionary English	DCC/ELV
Līnea, līneae, f.	Line	
Lingua, linguae, f.	Tongue	732
Locus, locī, m.	Place	62
Longus, longa, longum	Long, far	142
Loquor, loquī, locūtus sum	Speak	310
Lūceō, lūcēre, lūxī	Shine	ELV
Lūna, lūnae, f.	Moon	902
Lupus, lupī, m.	Wolf	
Lūx, lūcis, f.	Light	299
Luxuriōsus, luxuriōsa, luxuriōsum	Luxurious	
Madidus, madida, madidum	Wet	
Magister, magristrī, m.	Teacher	933
Magnificus, magnifica, magnificum	Magnificent	
Magnus, magna, magnum (maiōr, comp.; maximus, sup.)	Great, large	25
Malus, mala, malum (peior, comp.; pessimus, sup.)	Bad, evil	227
Manus, manūs, f.	Hand	48
Mare, maris, n.	Sea	125
Marītus, marītī, m.	Husband	654
Massa, massae, f.	Mass, heap	
Māter, mātris, f.	Mother	127
Mātrimōnium, mātrimōniī, n.	Marriage	
Mātūrus, mātūra, mātūrum	Ripe, mature	
Mēdea, Mēdeae, f.	Medea, *a witch*	
Medicīna, medicīnae, f.	Medicine	
Medius, media, medium	Middle	162

Dictionary

Latin	English	DCC/ELV
Medūsa, Medūsae, f.	Medusa, *a monster*	
Meleager, Meleagrī, m.	Meleager, *son of Oeneus*	
Memoria, memoriae, f.	Memory; *with tenēre*, remember	627
Mēns, mentis, f.	Mind	173
Mēnsa, mēnsae, f.	Table	747
Mentior, mentīrī, mentītus sum	Lie	
Mereō, merēre, meruī, meritus	Deserve, earn	852
Meus, mea, meum	My, mine	41
Micō, micāre, micuī	Shine, sparkle	
Mīlle, mīllis, n.	Thousand	247
Mīror, mīrārī, mīrātus sum	Marvel, wonder	504
Misceō, miscēre, miscuī, mixtus	Mix	425
Miser, misera, miserum	Wretched, miserable	137
Mittō, mittere, mīsī, missus	Send	114
Modo	Just, just now	152
Modus, modī, n.	Manner	195
Moene, moenis, n.	Wall	593
Mollis, molle	Soft, gentle	356
Mōmentum, mōmentī, n.	Moment	
Mōns, montis, m.	Mountain	242
Mōnstrum, mōnstrī, n.	Monster	
Mōnstruōsus, mōnstruōsa, mōnstruōsum	Monstrous	
Morior, morī, mortuus sum	Die	253
Mors, mortis, f.	Death	95
Mortālis, mortāle	Mortal	950

Latin	Dictionary English	DCC/ELV
Moveō, movēre, mōvī, mōtus	Move	192
Mox	Soon	469
Multus, multa, multum (plūs, comp.; plūrimus, sup.)	Many, much	43
Mundus, mundī, m.	World	350
Murmurō, murmurāre, murmurāvī, murmurātus	Meow	
Mūsa, mūsae, f.	Muse	ELV
Mūsculus, mūsculī, m.	Muscle	
Mūsīca, mūsīcae, f.	Music	
Mūtātiō, mūtātiōnis, f.	Change	
Mūtō, mūtāre, mūtāvī, mūtātus	Change	315
Mystērium, mystēriī, n.	Mystery	
Narrō, narrāre, narrāvī, narrātus	Tell, relate	910
Nātūrālis, nātūrāle	Natural	
Nauta, nautae, m.	Sailor	
Nāvīgō, nāvīgāre, nāvīgāvī, nāvīgātus	Sail	
Nāvis, nāvis, f.	Ship	353
-ne	Enclitic to ask question	238
Nē	That not, lest	47
Nebula, nebulae, f.	Cloud, mist fog	
Nec	And not, nor; neither...nor	19
Necesse	Necessary	773
Necessitās, necessitātis, f.	Necessity	911
Negō, negāre, negāvī, negātus	Deny, refuse	294
Negōtium, negōtiī, n.	Business	846
Nēmō, nēminis	No one	179

Dictionary

Latin	English	DCC/ELV
Nervus, nervī, m.	Bowstring	
Nesciō, nescīre, nescīvī, nescītus	Not know	525
Nihil	Nothing	55
Nimium	Excessively	841
Niobē, Niobēs, f.	Niobe, *a proud queen*	
Nisi	Unless, if not	100
Nōbilis, nōbile	Noble	455
Nocturnus, nocturna, nocturnum	Nocturnal	
Nōlō, nolle, nōluī	Not want	458
Nōmen, nōminis, n.	Name	135
Nōn	Not	6
Nōndum	Not yet	436
Nōnne	Question expecting yes answer	ELV
Nōnnūllus, nōnnūlla, nōnnūllum	Some	
Nōnnumquam	Sometimes	
Nōs, nōstrum, nōbis, nōs, nōbis	We, us	51
Noster, nostra, nostrum	Our	52
Nōtus, nōta, nōtum	Well-known	477
Novus, nova, novum	New	139
Nox, noctis, f.	Night	119
Nūdus, nūda, nūdum	Naked, bare	545
Nūllus, nūlla, nūllum	None, not any	49
Numquam	Never	251
Nunc	Now	50
Nympha, nymphae, f.	Nymph	ELV

Latin	Dictionary English	DCC/ELV
Oblīquus, oblīqua, oblīquum	Oblique, sideways	
Oblīviōsus, oblīviōsa, oblīviōsum	Oblivious	
Oblīvīscor, oblīvīscī, oblītus sum	Forget	
Oboedentia, oboedentiae, f.	Obedience	
Obscēnus, obscēna, obscēnum	Obscene	
Obscūritās, obscūritātis, f.	Darkness	
Obscūrus, obscūra, obscūrum	Obscure	
Oculus, oculī, m.	Eye	206
Odium, odiī, n.	Hatred	522
Odor, odōris, m.	Odor, smell	
Oenēus, Oenēī, m.	Oeneus, an old king and Meleager's father	
Offendō, offendere, offendī, offēnsus	Offend	
Offēnsum, offēnsī, n.	Offense	
Offerō, oferre, obtulī, oblātus	Offer	812
Olfaciō, olfacere, olfēcī, olfāctus	Smell	
Ōlim	One day, at that time	574
Olīva, olīvae, f.	Olive	
Ōmen, ōminis, n.	Omen	
Omnipotēns, omnipotentis	Omnipotent	
Omnis, omne	All, every	18
Opīniō, opīniōnis, f.	Opinion	
Oppressus, oppressa, oppressum	Oppressed	
Optiō, optiōnis, f.	Option	
Ōrāculum, ōrāculī, n.	Oracle	

Dictionary

Latin	English	DCC/ELV
Ōs, ōris, n.	Mouth, face	147
Paene	Almost	944
Paenitet, paenitēre, paenituit	I'm sorry	
Palātium, palātiī, n.	Palace	
Pār, paris	Equal	281
Pariēs, pariētis, f.	Wall	
Parō, parāre, parāvī, parātus	Prepare	160
Parricīdium, parricīdiī, n.	Patricide	
Pars, partis, f.	Part	65
Parvulus, parvula, parvulum	Small (diminutive)	
Parvus, parva, parvum (minor, comp.; minimus, sup.)	Small	143
Passus, passūs, m.	Step	
Pater, patris, m.	Father	71
Patientia, patientiae, f.	Patience	
Patria, patriae, f.	Country	342
Paucī, paucae, pauca	Few	858
Paulō, paulum	Slightly, a little	872
Pausa, pausae, f.	Pause	
Pecūnia, pecūniae, f.	Money	530
Pellis, pellis, f.	Pelt, skin	
Pellō, pellere, pepulī, pulsus	Strike, hit	563
Pendō, pendere, pependī, pēnsus	Hang	988
Per	Through	30
Perdō, perdere, perdidī, perditus	Destroy	488
Perfectus, perfecta, perfectum	Perfect	

Latin	Dictionary **English**	**DCC/ELV**
Perīculum, perīculī, n.	Danger	265
Perīculuōsus, perīculuōsa, perīculuōsum	Dangerous	
Permittō, permittere, permīsī, permissus	Permit, allow	702
Perpetuus, perpetua, perpetuum	Perpetual	891
Pēs, pedis, m.	Foot	199
Petō, petere, petīvī, petītus	Seek, attack	83
Pharetra, pharetrae, f.	Quiver	
Piscis, piscis, m.	Fish	
Plaudō, plaudere, plausī, plausus	Applaud	ELV
Plēnus, plēna, plēnum	Full	459
Plexippus, Plexippī, m.	Plexippus, *Meleager's uncle*	
Poena, poenae, f.	Penalty	233
Poēta, poētae, m.	Poet	913
Pōmum, pōmī, n.	Apple	
Pōnō, pōnere, posuī, positus	Put	102
Populus, populī, m.	People	122
Porta, portae, f.	Gate	759
Portus, portūs, m.	Harbor	ELV
Possum, posse, potuī	Can, able to	23
Post	After	164
Postquam	After	384
Potestās, potestātis, f.	Power	737
Praeceps, praecipitis	Headlong	
Praemium, praemiī, n.	Reward	680
Praesertim	Especially	

Dictionary

Latin	English	DCC/ELV
Praeter	Except	756
Pressus, pressa, pressum	Deliberate, firmly pressed	
Prīmum	At first, firstly	252
Prīmus, prīma, prīmum	First	91
Prior, priōris	Former, preceding	484
Prō	On behalf of, for	128
Prōmissum, prōmissī, n.	Promisse	
Prope (proprior, comp; proximus, sup.)	Near	189
Propter	Because of	560
Prōvocātiō, prōvocātiōnis, f.	Provocation, challenge	
Prūdentia, prūdentiae, f.	Prudence	
Pudor, pudōris, m.	Shame, modesty	616
Puella, puellae, f.	Girl	233
Puellula, puellulae, f.	Girl (diminutive)	
Puer, puerī, m.	Boy	191
Pugnō, pugnāre, pugnāvī, pugnātus	Fight	708
Pugnus, pugnī, m.	Fist	
Pulcher, pulchra, pulchrum	Handsome, beautiful	569
Pulmō, pulmōnis, n.	Lung	
Pulsō, pulsāre, pulsāvī, pulsātus	Hit, strike	
Pūniceus, pūnicea, pūniceum	Pinkish, reddish	
Putō, putāre, putāvī, putātus	Think	166
Quaesō, quaesere	Please	
Quālis, quāle	What kind of	263
Quam	How, than	29

Latin	Dictionary English	DCC/ELV
Quandō	When	621
Quandōcumque	Whenever	
Quantum	How much	557
Quārtus, quārta, quārtum	Fourth	
Quasi	As if	938
Quatiō, quatere, -, quassus	Shake	ELV
Quī, quae, quod	Who, which	3
Quia	Because	132
Quidnī	Why not?	
Quidquid	Whatever	
Quiēs, quiētis, f.	Quiet, still	ELV
Quis, quid	Who, what	212
Quō	To what place; for which reason	305
Quōmodo	How	831
Quoque	Also, too	76
Quotiēs	How many times	970
Rabidus, rabida, rabidum	Rabid	
Rāmulus, rāmulī, m.	Branch (diminutive)	
Rāmus, rāmī, m.	Branch	
Rārus, rāra, rārum	Rare, unusual	752
Raucus, rauca, raucum	Hoarse	
Reclīnō, reclīnāre, reclīnāvī, reclīnātus	Recline	
Recognitiō, recognitiōnis, f.	Recognition	
Rēctus, rēcta, rēctum	Straight	823
Refugiō, refugere, refūgī	Flee back	
Rēgālis, rēgāle	Regal	

Dictionary

Latin	English	DCC/ELV
Rēgīna, rēgīnae, f.	Queen	ELV
Regiō, regiōnis, f.	Region	585
Relaxō, relaxāre, relaxāvī, relaxātus	Relax, loosen	
Religiō, religiōnis, f.	Religion	ELV
Relinquō, relinquere, relīquī, relictus	Abandon, relinquish	144
Removeō, removēre, removī, remōtus	Remove	
Repōnō, repōnere, reposuī, repositus	Put back	
Requīrō, requīrere, requīsīvī, requīsītus	Require	
Rēs, reī, f.	Thing, matter, affair	38
Respiciō, respicere, respexī, respectus	Look back at	722
Respīrō, respīrāre, respīrāvī, respīrātus	Breathe, respire	
Respondeō, respondēre, respondī, respōnsus	Respond	535
Respōnsum, respōnsī, n.	Response	
Restrictus, restricta, restricum	Restricted	
Retrōrsum	Backwards	
Reveniō, revenīre, revēnī, reventus	Come back, return	
Rēx, rēgis, m.	King	60
Rīdeō, rīdēre, rīsī, rīsus	Smile, laugh	874
Rīdiculus, rīdicula, rīdiculum	Ridiculous	
Rigidus, rigida, rigidum	Rigid	
Rīpa, rīpae, f.	Bank of a river	662
Rogō, rogāre, rogāvī, rogātus	Ask	551
Rubor, rubōris, m.	Redness	

Latin	Dictionary English	DCC/ELV
Rūmōr, rūmōris, m.	Rumor	
Sacer, sacra, sacrum	Sacred	398
Sacrificium, sacrificiī, n.	Sacrifice	
Saepe	Often	145
Saevitia, saevitiae, f.	Savagery	
Saevus, saeva, saevum	Savage, wrathful	244
Sagitta, sagittae, f.	Arrow	
Saliō, salīre, salīvī, saltus	Jump	
Saltō, saltāre, saltāvī, saltātus	Dance	
Salūtō, salūtāre, salūtāvī, salūtātus	Greet, salute	
Salveō, salvēre	Hello	
Sandalium, sandaliī, n.	Sandal	
Sanguis, sanguinis, m.	Blood	214
Sapor, sapōris, m.	Taste	
Satis	Enough	341
Saturō, saturāre, saturāvī, saturātus	Saturate	
Saxum, saxī, n.	Rock	306
Sciō, scīre, scīvī, scītus	Know	172
Scrūpulus, scrūpulī, m.	Scruple	
Sculptus, sculpta, sculptum	Sculpted	
Sē, suī, sibi, sē, sē	Himself, herself, itself, themselves	17
Sēcrētum, sēcrētī, n.	Secret	
Secundus, secunda, secundum	Second	836
Sēcūritās, sēcūritātis, f.	Security	
Sed	But	20
Sedeō, sedēre, sēdī, sessus	Sit	506

Dictionary

Latin	English	DCC/ELV
Sella, sellae, f.	Chair	
Sēmen, sēminis, n.	Seed	
Semper	Always	149
Senex, senis	Old	558
Sententia, sententiae, f.	Thought, sentence	586
Sentiō, sentīre, sentīvī, sentītus	Feel	302
Septem	Seven	
Septimāna, septimānae, f.	Week	
Sequor, sequī, secūtus sum	Follow	108
Serēnus, serēna, serēnum	Serene	
Serva, servae, f.	Slave	496
Sī	If	16
Sīc	Thus, in this manner	79
Sīcut	Just as	791
Significō, significāre, significāvī, significātus	Mean, signify	
Signum, signī, n.	Sign, signal	261
Silentium, silentiī, n.	Silence	
Silva, silvae, f.	Forest	234
Similis, simile	Similar	414
Simplex, simplicis	Simple	
Sine	Without	104
Singulī, singulae, singula	One at a time	507
Sinus, sinūs, m.	Fold, pocket	478
Sōbrius, sōbria, sōbrium	Sober	
Sōl, sōlis, m.	Sun	320
Sōlus, sōla, sōlum	Alone, only	176

Latin	Dictionary **English**	**DCC/ELV**
Somnium, somniī, n.	Dream	ELV
Sonus, sonī, m.	Sound	ELV
Soror, sorōris, f.	Sister	497
Spectō, spectāre, spectāvī, spectātus	Watch, look at	473
Spērō, spērāre, spērāvī, spērātus	Hope	648
Spīrō, spīrāre, spīrāvī, spīrātus	Breathe	ELV
Spuō, spuere, spuī, spūtus	Spit	
Statim	Immediately	798
Statua, statuae, f.	Statue	
Stella, stellae, f.	Star	934
Stō, stāre, stetī, status	Stand	168
Stola, stolae, f.	Stola	
Studiōsus, studiōsa, studiōsum	Eager, studious	
Studium, studiī, n.	Zeal, eaerness	450
Stultus, stulta, stultum	Foolish	ELV
Sub	Under	118
Subitō	Suddenly	848
Submergō, submergere, submersī, submersus	Submerge	
Sūcus, sūcī, m.	Sap	
Sūdō, sūdāre, sūdāvī, sūdātus	Sweat	
Sūdor, sudōris, m.	Sweat	
Sum, esse, fuī, futūrus	To be	2
Summus, summa, summum	Highest	ELV
Super	Above	401
Superbus, superba, superbum	Proud	656

Dictionary

Latin	English	DCC/ELV
Surgō, surgere, surrēxī, surrēctus	Rise	570
Suspīciō, suspīciōnis, f.	Suspicion	
Susurrātiō, susurrātiōnis, f.	Whisper	
Susurrō, susurrāre, susurrāvī, susurrātus	Whisper	
Suus, sua, suum	His/her/its/their own	27
Taceō, tacēre, tacuī, tacitus	Be quiet	369
Tam	So, so much	96
Tamen	Nevertheless, however	58
Tandem	Finally	427
Tangō, tangere, tetigī, tāctus	Touch	534
Tantus, tanta, tantum	So much, so great	105
Tardus, tarda, tardum	Slow, late	738
Templum, templī, n.	Temple	485
Temporārius, temporāria, temporārium	Temporary	
Tempus, temporis, n.	Time	89
Tendō, tendere, tetendī, tēnsus	Stretch	529
Teneō, tenēre, tenuī, tentus	Have, keep	106
Tensus, tensa, tensum	Tense	
Tergum, tergī, n.	Back	474
Terra, terrae, f.	Land	70
Territus, territa, territum	Frightened	705
Terror, terrōris, m.	Terror	ELV
Tertius, tertia, tertium	Third	682
Textūra, textūrae, f.	Texture	
Timeō, timēre, timuī	Fear	153

Latin	Dictionary English	DCC/ELV
Tollō, tollere, sustulī, sublātus	Lift up	293
Tot	So many	259
Tōtus, tōta, tōtum	Whole, entire	78
Toxeus, Toxeī, m.	Toxeus, *Meleager's uncle*	
Trahō, trahere, trāxī, tractus	Drag, draw	213
Tranquilitās, tranquilitātis, f.	Tranquility	
Tranquilus, tranquila, tranquilum	Tranquil	
Trāns	Across	ELV
Tremulus, tremula, tremulum	Trembling	
Trepidātiō, trepidātiōnis, f.	Trepidation	
Trīstis, trīste	Sad	275
Truncus, truncī, m.	Trunk	
Tū, tuī, tibi, tē, tē	You	9
Tum	Then	56
Tunica, tunicae, f.	Tunic	
Turba, turbae, f.	Crowd	323
Tussiō, tussīre	Cough	
Tūtus, tūta, tūtum	Safe	365
Tuus, tua, tuum	Your	44
Ubī	Where, when	92
Ubīque	Everywhere	
Ūllus, ūlla, ūllum	Any	178
Ultimus, ultima, ultimum	Last	432
Ululō, ululāre, ululāvī, ululātus	Wail	
Umbra, umbrae, f.	Shade, shadow	257

Dictionary

Latin	English	DCC/ELV
Umquam	Ever	482
Ūnā	Together	
Unda, undae, f.	Wave	207
Unde	From where, whence	300
Ūnus, ūna, ūnum	One	53
Urbs, urbis, f.	City	82
Ursa, ursae, f.	Bear	
Usque	Up to, continuously	527
Ūsus, ūsūs, m.	Use	446
Ut	So that, as, so that not	15
Ūtilis, ūtile	Useful	850
Ūtor, ūtī, ūsus sum	Use	330
Utrum	Whether	827
Uxor, uxōris, f.	Wife	552
Uxorula, uxorulae, f.	Wife (diminutive)	
Vah	Ugh	
Valdē	Greatly	
Varius, varia, varium	Various	631
Vellus, velleris, n.	Fleece	
Vēlum, vēlī, n.	Sail	
Velut	Just as, even as	447
Vēna, vēnae, f.	Vein	
Venātiō, venātiōnis, f.	Hunt	
Vēnātor, vēnātōris, m.; vēnātrīx, vēnātrīcis, f.	Hunter, huntress	
Venia, veniae, f.	Forgiveness, pardon	
Veniō, venīre, vēnī, ventus	Come	63
Vēnor, vēnārī, vēnātus sum	Hunt	

Latin	Dictionary English	DCC/ELV
Ventus, ventī, m.	Wind	269
Verbum, verbī, n.	Word	
Vērō	In fact, certainly, truly	280
Vertō, vertere, vertī, versus	Turn	288
Vērus, vēra, vērum	True	410
Vester, vestra, vestrum	Your (plural)	282
Vexātiō, vexātiōnis, f.	Vexation	
Vexātus, vexāta, vexātum	Vexed	
Via, viae, f.	Road	196
Victima, victimae, f.	Victim	
Victor, victōris, m.; victrīx, victrīcis, f.	Victor	340
Victōria, victōriae, f.	Victoria	750
Videō, vidēre, vīdī, vīsus	See	31
Vincō, vincere, vīcī, victus	Conquer	101
Vīnum, vīnī, n.	Wine	640
Vir, virī, m.	Man	85
Virāgō, virāginis, f.	Heroic woman	
Virgō, virginis, f.	Maiden	418
Viridis, viride	Green	
Virīlis, virīle	Virile, manly	
Virtūs, virtūtis, f.	Virtue	111
Viscera, viscerum, n.	intestines, entrails	
Vīta, vītae, f.	Life	87
Vīvō, vīvere, vīxī, victus	Live	156
Volō, velle, voluī	Wish, want	66
Volō, volāre, volāvī, volātus	Fly	ELV
Volvō, volvere, volvī, volūtus	Roll	ELV

Dictionary

Latin	English	DCC/ELV
Vōs, vestrum, vōbīs, vōs, vōbīs	You (plural)	130
Vōx, vōcis, f.	Voice	169
Vulcānus, vulcānī, m.	Volcano	
Vulnerābilis, vulnerābile	Vulnerable	
Vulnerō, vulnerāre, vulnerāvī, vulnerātus	Wound	ELV
Vulnus, vulneris, n.	Wound	327
Vultus, vultūs, n.	Face, expression	209

Made in United States
Troutdale, OR
04/24/2024